味 道
Taste

王 斌 [著]

新星出版社 NEW STAR PRESS

目　录

序幕：外滩的黄昏 ……………………………………………… 1
1. 意外造访的"不速之客" …………………………………… 5
2. 朱俐与她的朋友们 ………………………………………… 15
3. 一封神秘的信笺 …………………………………………… 23
4. 神秘的男人与女人：规定的约誓 ………………………… 31
5. 朱俐的心事 ………………………………………………… 43
6. 来自"东瀛"的神秘男人 ………………………………… 53
7. 朱俐与淳一 ………………………………………………… 71
8. 疯狂的都市之夜 …………………………………………… 97
9. 寂静的夜晚 ………………………………………………… 113
10. 闲散的一天 ……………………………………………… 123
11. 朱俐的性格 ……………………………………………… 143
12. 请与我同行 ……………………………………………… 155
13. 朱俐与史大可 …………………………………………… 165
14. 守护爱情 ………………………………………………… 175
15. 为什么没有幸福的感觉？ ……………………………… 187
16. 神奇的广告创意 ………………………………………… 199

17. 朱俐与淳一的内心隐忧 ·················· 209
18. 没有兑现的聚会 ······················ 223
19. 五轮真弓的歌声 ······················ 239
20. 最后的告别 ·························· 251
21. 天使归来 ···························· 263

序幕：外滩的黄昏

黄昏，夕阳宛如一枚巨大的橙子，悠悠然地悬挂在高远的迷蒙中，给喧嚣的外滩泅染上了一层耀眼的金黄。向晚时分，外滩亦有了一种赏心悦目的颜色，一切都宛如梦中，一切都是那样朦胧和安详，犹如一首抒怀的长诗。

如果从高处看去，人流与街景很像是在透过滤色镜俯瞰到的。那宽敞的、沿着滔滔江水蜿蜒铺展开来的外滩，在夕阳下显得格外迷人。

外滩嘈杂密集的人群中，一个旅行团在参观。前面是一个举着小红旗的年轻领队，她不时地招呼着紧随着她的东张西望的队伍，队伍中的人操着日语在兴奋地交流着。只有夹杂在他们中间的一位年轻而又漂亮的女孩儿似乎显得心不在焉，眉宇间笼罩着一层淡淡的忧郁和哀伤。

没一会儿，她离开了她的队伍，一个人来到了外滩的大坝前，痴迷地遥望着滔滔江水，眼中似有泪光在闪动。她静静地站立了一会儿，微闭着眼睛，像是在默祷着什么，随后，她从拎着的小手袋里小心翼翼地捧出一个小家伙。

那是一只白色的信鸽，一只漂亮可爱的信鸽，被落日的余晖染上了金菊一般的颜色，浑身泛出耀眼的光芒。

女孩儿抚摸着信鸽，低下头似乎在向它轻声地诉说着什么。信鸽唇上有一对十分好看的红瘤。这只神采奕奕的信鸽，偏过它的小脑袋，似乎在认真地倾听着主人的诉说，然后昂起了长长的脖子，可爱清亮的眼睛看定了主人，"咕咕咕"地叫着，宛如在恭敬地回答她的问话。

女孩儿这时已然泪流满面了。她将信鸽轻轻地托举起来，贴上了自己的脸颊。她就这样静静地待了一会儿,似有一丝恋恋不舍,脸上竟划过了一丝哀伤,然后双手托住信鸽,举向蓝天,用日语喃喃低语地嘱托了一声:拜托了!

双手一振,信鸽如同闪电般地射向天空。

腾空而起的信鸽,在天空中划过一道漂亮的弧线,盘旋着,像是要向主人做最后的告别。

女孩儿仰望着似乎要融化在晚霞中的信鸽,深深地鞠了一躬。她像一座雕塑般地凝定在外滩上。周围人流如织,熙来攘往,没有人注意到她,而她,也仿佛置身在了另一个世界中——只有她独自一人,和那只在天空中盘旋着的、迟迟不舍离去的鸽子。

女孩儿的深切鞠躬,像是对信鸽发出了一道无声的命令——它旋过了最后一道圆圈,一声嘹亮的鸽哨声划破了寂静的长空,然后做出一个俯冲的姿势,向地面射来,在女孩儿的面前,再转过一个小弯,奋然拉起,闪电般飞远了,越来越远……最终融化在了水天一色之中。

女孩儿昂起脸,久久地仰望着,几行清泪无声地夺眶而出。

1. 意外造访的"不速之客"

清晨的上海，缭绕着淡淡的薄雾。昨日的傍晚，刚下过了一场潇潇细雨，地面是潮湿的，泛出一道清光。一个静谧而又富有诗意的城市正在从沉睡中醒来。太阳从东方冉冉升起，清洁明亮的街道上已有三三两两的行人悠闲走过，不时地有几辆汽车划过布满雨迹的马路，溅起了两翼的水线。这是笼罩在初春暖意中的上海，街道两旁的梧桐树又泛出了嫩绿的新芽，空气中充溢着一种湿润的清新和恬谧。

透过树叶的间隙，可以看到一排排殖民时代留下的小洋楼，它们整齐有序地排列着，无声地矗立在绿荫之中。由于年代久远，小洋楼已在日久天长的侵蚀中泄露出岁月的痕迹和秘密，宛如一个遥远的梦境。

钢琴声隐约传来，像是肖邦的钢琴奏鸣曲，委婉、舒展而又欢快。我们的视线可以从上海的街道摇过，又掠过梧桐树的枝枝杈杈和宽大的叶片，缓缓地靠近了一幢小洋楼。小洋楼的造型颇为别致，它有着太强烈的殖民时代的气息，一望而知，那意味着一个遥远的年代，但已无可挽回地消失了。墙体立面业已脱落，显露出它曾经历的沧桑岁月。

楼体并不高，但显得很规整，一望而知当年的设计者匠心独具，亦属久远的上海滩上的繁华一梦。在小洋楼的楼顶上，有一个凸显的小阁楼，像是一个调皮的孩子在洋楼的屋檐边上随意搭出的一个供捉迷藏玩耍的秘室，因此它独具风味，恍惚间像是来自另一个世界的奇幻的浪漫想象。

电话铃隐隐传出，乍听上去有些依稀和遥远，但渐渐近了，更近了。

在电话铃声的引领之下,我们仿佛穿越了一排排茂密的梧桐树叶,穿越了一排排像士兵一般排列整齐的小洋楼,贴近我们这个故事要发生的那幢兀自矗立的小楼,再穿过阁楼的小窗,我们长驱直入了……

电话座机催命般地响着,不依不饶。

电话铃声持续而急促地响着,一个女孩儿正蜷缩在床上熟睡。睡得很甜蜜。她侧身躺着。

电话铃声仍在固执地响着,一声紧似一声。

蒙眬中,女孩儿恍恍惚惚睁开了眼,胡乱地伸手抓了一把电话,抓空了,电话在另一头。电话铃声还在持续地轰炸,她极不耐烦地爬过去拿起了电话,电话里随即传出一个浑浊的男人的声音,声音很大,听得出他的焦燥和恼怒,几乎有些歇斯底里了,女孩儿突然怒吼了一声:

你有病呐!

女孩儿叫朱俐。她将电话狠狠地摔下了。她的确生气了。当电话铃声又一次固执地响起时,她气急败坏地将电话线拔了下来。铃声戛然而止。她的目光恨恨地看着已经哑然无声的电话,仿佛在说:哼,看你还能把我怎么样?

终于可以安心地继续睡了,起码她是这么认为的。她重新躺下,先仰面"挺"了一会儿,可能感到还不舒服,又侧过身,蜷缩成一团,此时她就像只十分听话的波斯猫。

片刻的宁静。

手机又响起了,那是一首抒情的歌曲,一声高过一声,仿佛是一道突降的命令,催促着主人接听。烦死了。朱俐先是捂住耳朵,可还是无法挡住铃声的一再侵扰,只好无奈地坐了起来。她伸手去够放在床头的手包，几次伸手都没够着，她实在不想睁开眼睛，胡乱地摸索着，还是没找着。最后，她只好睁大了眼睛，拿过手包，伸手进去翻找。

里面没有，那个捣蛋的铃声也不像是从那里发出的，这可以肯定。她这才不情愿地下了床，走到沙发边，从衣服的口袋里掏出还在固执地鸣叫的手机。那支平时在她听来浪漫而又动人的旋律，现在听来更像是令人厌烦的噪音，她将它狠狠地关掉了。

又安静了。她叉着腰待了一会儿，好像生怕那个搅得她不得安宁的声音会再次突然响起。所有的声音都消失了，屋子里无声无息。她这才坐回到床边，没有再躺下，只是无神地呆坐着。显然，她被彻底地吵醒，无法再入睡了，这让她的情绪十分沮丧，她只要睡不好觉就会情绪烦躁。

她仰身斜躺在床边，环视着自己的房间。仿佛这突然降临的宁静又让她陷入了一种莫名的情绪。她摇了摇头，想重新召唤姗姗而来的动静，而她现在渴望在这"动静"中获得一种解脱。

可是，没有。一切都是那么安详、宁静，悄无声息。

她这才明白，自己的内心正在被一种羞辱般的痛苦啃啮着。折磨她好几天的失眠已让她神情憔悴，昨晚，她是服用安眠药才强迫自己入睡的。她真的是睡迷糊了。可是那个不知好歹的电话又将她从沉睡中惊醒，她不用看号码也知道那是谁的电话。还用说是谁吗？她不想再看见或提起这个人的名字，更别说接他的电话了。此前，她一直以为自己才是这场爱情游戏的主宰者，她可以游刃有余地将那个男人玩弄于自己的股掌之中，一切都会在自己有效的操控之下。

可是，她错了。

她发现自己这次败得很惨，惨到了她甚至在怀疑自己是否还会有爱的能力。

她从床头抄过一本书,随手翻了两页,想以此来打消脑子里萦绕不去的杂念,可是无济于事,一个字也看不进,那些黑色的字符就像是着了魔法似的,一个劲儿地在她眼前闪烁、跳动着。她知道书是看不成了,一生气,将那本书狠狠地抛在了地上。

不幸的书像一块滑雪板似的顺着她的劲道在地板上划出一道笔直的水平线,"哧溜"一声钻进挂衣柜底下不见了。

她嘴里骂骂咧咧地说了几句什么,叉着腰又站起身,来到挂衣柜前,赌气般地盯着挂衣柜的底部,像是在说:你他妈的还能藏到什么时候?给我出来!

没有动静,也不可能会有动静。没办法,她只好弯下身,先用手试着进去摸索了一会儿。

好像摸着了,她有些兴奋了,起码在这一瞬间转移了她的烦躁。她将书拨了出来。可是一看,又气恼地将书向床头扔去——这不是她刚才丢下的那本书,是另一本。很显然,她的这一抛书动作在生活中已成惯例,否则,怎么可能会有另一本小书静静地待在挂衣柜的底部呢。

没办法,她只好趴在地上,将头部贴近地面,侧过脸向衣柜下看去。她隐隐约约地看到,里面安静地趴着的是好几本书。她自嘲地笑了,觉得这事儿真是有些滑稽:我说我的那么多书怎么会找不着呢?可想而知,无聊时抛书成了她的一个下意识的举动,自己一点儿也想不起了——原来它们全在我的衣柜下面待着呢!

她起身拿来了一把扫帚,将扫帚把倒过来,伸进柜底,一拨拉,起码有五六本书被横扫了出来。她这才站起身,喘了一口粗气,定了定神,刚一抬头,发现对面穿衣镜里自己的右手还拿着那把长把的扫帚,滑稽的形象，像是《哈利·波特》里的造型。

扫帚就支撑在她的身边，她拿它杵着地，另一只手叉着腰，一副很酷亦很滑稽的造型透过衣柜的穿衣镜反射了出来。她觉得自己太可乐了，忍不住傻乎乎地咧开嘴笑了起来，她对着镜子做出了各种奇怪的表情，又拿着扫帚摆出各种不同的造型。

这种自娱自乐的方式使她觉得心情一下子好多了。

她来到窗前的书桌边上，将刚才找出的书拍打干净，掸去表面的灰尘，在书架上重新摆放好，再打开电脑，转身到房间的一侧——开放的厨房打开咖啡机，倒上咖啡豆，要给自己煮上一杯可口的咖啡。她爱咖啡，爱到每天必须喝上几杯过够瘾，才能精神抖擞，这已经成了她日常生活中必不可少的仪式了。

咖啡机发出刺耳的噪音，她无神地看着咖啡机的运转。煮好了，她拿出一只咖啡杯，接着咖啡机的小嘴，斟满咖啡，慢慢地呷了几口。回身在书桌前坐下了。

书桌的样式很考究，因为朱俐对书桌有一种病态的迷信，她觉得自己一辈子最好的朋友肯定是书桌，而且她的生活来源无疑也跟书桌有着千丝万缕的关系，所以她不愿凑合。为了这张中意的书桌，她跑遍了无数个家具城，都快绝望了，终于在一家合资厂家的经销店看到了一款欧式古典造型的书桌，正是她在冥冥中要寻找的样式。说真的，在看到它之前，她还根本不清楚自己要寻找的是什么风格的书桌呢，直到她走进那家专卖店，眼角的余光忽然被什么东西所吸引，定睛看去，眼前一亮，那张书桌就静静地、不事张扬地待在墙角，散发着一种静谧而又典雅的气息，它的沉稳和厚重正是她要寻找的气质，看到它会让她有一种心静的感觉和说不上来的踏实感。

她毫不犹豫地将它买下了，虽然价格奇贵，但她一点儿也不心疼。只要自己喜欢，就是无价的。这是她的信仰。

后来朋友来她家看到了，在一阵赞美之后又询问起书桌的价格，她说了，朋友听后直摇头：不就是一张书桌吗？有必要买这么贵的吗？

她没有更多地解释，也不想解释。人各有所好，她想，一个东西值与不值是一个心理上的价位，这是很微妙的。所以她只是笑着沉默不语。从此以后再有人问，她也只是以微笑应答。

电脑即刻闪出登陆的MSN，一堆窗口跳出来跟她热情地打着招呼，她没理，把它们一一关掉，只是看看有没有新发来的邮件。

放下手中的咖啡，她来到窗前，顺手拉开窗帘。窗外阳光瞬间倾泻了进来，有点儿晃眼，她眯了眯眼睛，眼睛有些睁不开。

推开了窗户，外面的喧嚣声也随之肆意地闯将进来。她双臂支撑在窗台上。

楼下传来小朋友的嬉闹声，她仰起脸来望了望天空，昨天刚下了一场大雨，地面还是潮湿的，但天空却是一片澄澈的湛蓝，空气中散发出一股沁人心脾的清新的味道，她眼睛微闭，似乎想让自己沉浸地享受一下。

当她再睁开眼，试图离开窗台时，目光仿佛被瞬时定焦了，停在了一个突然发现的目标上。她眉心微蹙，似乎有什么东西在吸引她的注意。

她再次倚靠在窗台上，凝神望去——

是一只雪白的鸽子。它倾斜着倒在窗外斜角的屋檐上，小小的身子微微地抽搐着，眼里透出一种楚楚可怜的哀伤。

她好奇地弯曲着身子伸手去够那只显然是受了伤的鸽子，没够着，还差一点儿。她拼命地将手臂继续往前伸，再伸，因为用力，她的脸部肌肉绷得紧紧的。还好，终于够着了，她可以将鸽子小心地捧在手心里了。

她慢慢地收回手，生怕惊扰了这位"不速之客"。

现在她背靠窗台站着，爱怜地打量着这只意外闯入的小客人，目光中多了一份小小的惊喜，亦有份担忧。因为，她发现这个小家伙身子在微微颤抖。她抚摸着鸽子，轻轻地抚摸，好像是在悄声地安慰它——放心，我会好好照料你的。

灿烂的阳光照射在战栗着的鸽子身上，闪烁出一片耀眼的光斑，它睁着一双痛苦而又无助的眼睛，哀怜地回望着她。

她的心不禁微微一动。

她开始小心地检查它的身子，在它翅膀的侧翼，她发现了些许红色的血痕。

明白了，这个可怜的小家伙很不幸地被人击伤了。

墙上的挂钟突然敲了十一下，把凝神中的朱俐吓了一跳，这才猛然想起自己还有一个约会，要迟到了。她将信鸽小心地放在窗台下的地毯上，匆忙套上一件时尚的吊带裙，一双丝袜，又冲进卫生间，快速刷上睫毛膏，化了一点淡妆，描了描眉，洒了点古奇的香水，然后在镜子前反反复复地打量了一下经过打扮的自己。看起来还不错，眼袋上的黑影被遮掩了，人也显得精神多了。这是她的习惯，情绪再拧巴，出门见人时都要刻意地打扮一番。她不希望让任何人发现自己情绪的消沉，她希望在别人看来她是无忧无虑的，永远面带阳光，她甚至觉得将自己不好的情绪传染给别人，让别人分担是不道德的。

她架上墨镜，又看了看镜中的自己，还挺精神，正是她所需要的形象。一切都准备停当了,她返回卧室,站在原地又想了想,眼睛停留在了鸽子身上。

她在想该如何帮助它。

她拿出一个"普拉达"的纸袋,将鸽子再次捧起,小心翼翼地放了进去。

她像是哄孩子似的对着鸽子说:哦,小家伙,放心,我会找到人给你疗伤的,会好的,有我在呢,你说呢?

走到门口,蹬上一双高跟鞋,开门昂首走了出去,和刚才睡眼惺松一脸灰暗的她相比,简直判若两人了。

2. 朱俐与她的朋友们

朱俐出现在大街上,正欲伸手去拦穿梭往来的出租车,一辆"宝马"无声驶来,停在她的面前,车窗缓缓摇下。

朱俐感觉到了,脸上明显地出现了厌恶的表情。出租车一辆接一辆地从她面前快速划过,没有停。

"宝马"的车门打开了,出来了一个男人——孙立,他戴着一副细边的黑框眼镜,穿着灰色的西装,领带则是铁红色的,头发梳理得一丝不苟,油光瓦亮。人倒是显出了几分斯文和优雅,一个典型的上海男人,眼睛细眯着,瘦削的身材多少让人感到有些柔弱。

他看着朱俐,似乎犹豫了一下。他明白朱俐知道他就站在一旁,只是故意不去搭理他。他显得有些无奈,又有些不甘,但还是向前走近几步。

刚才电话中为什么那么大的火气?他问。

朱俐没搭理他,装着没听见,目光看着别处。

孙立讨了一个没趣,但仍不愿放弃。

我送送你吧?他说,表情尴尬。

朱俐看都不看他一眼,面无表情地说:谢了,好像没这个必要了。

街对面来了一辆出租车,朱俐赶紧往前跑了两步,喊了一声,抬手示意。那辆车停住了,司机扭头在看她。朱俐急着要过马路,可是路上的车辆太多了,阻挡了她的脚步,她一直没法穿越。她有些急,但又毫无办法,只能在这边候着了。

孙立仍然没皮没脸地站在她边上,一时不知该向她说什么了。

马路对面的出租车在掉头,开过来,停在了朱俐的面前。

朱俐毫不犹豫地拉开车门,上车。"咣当"一声,她用劲儿地将车门关上了。

眼看着朱俐就要消失了,孙立终于鼓足了勇气敲了敲车窗。

朱俐稍稍犹豫一下,摇下车窗。

你到底还有什么事?她不耐烦地问。

呃,我……我给你买了一束鲜花,是你喜欢的那种,嘿,在我车里,我去拿来?孙立讨好地说。

你该送的人那么多,我就不必了吧。朱俐讥讽道。

别这么说,这束花真是专门为你买的。孙立一脸诚恳,真的。他说。

哦,是吗?那好吧。朱俐脸上随即浮现出一丝调皮的表情。她想戏弄一下这位自以为是的男人。

他就是她的那个背叛她男朋友。

孙立兴奋了,情不自禁地双手交叠在胸前,显得很是激动:真的呀!

他原以为朱俐会断然拒绝,所以一直表现得十分小心谨慎,现在被朱俐的回答所鼓舞,脸上瞬时放出一道光彩来。好,那我去拿来,你等一会儿,嘿,就一会儿,很快。

孙立欢天喜地一溜小跑,向"宝马"跑去。朱俐坐在车里看着他的背影,恶作剧般地笑了笑,然后对出租车司机说了一声:我们走。

出租车开始启动。孙立兴冲冲地捧着鲜花又颠儿颠儿地小跑回来,见出租车正在离去,大声喊道:朱俐,花……花,你的花,你等等……

出租车擦过他的身子绝尘而去,只剩下孙立一个人孤零零地站在马路沿上，表情十分难看，那束鲜花从他的胸前无声地滑落了。

在孙立背后的树荫底下，还停靠了一辆黑色的"保时捷"吉普车，发动机没有熄火。在驾驶座上坐着一位戴着宽大墨镜的男人，他嘴上叼着一根粗壮的雪茄烟。吉普的天窗是敞开的，烟雾丝丝缕缕地顺着车窗飘散了出去，很快就被小风吹得无影无踪了。他一边抽着烟，一边目不转睛地盯着马路这边。

由于戴着墨镜，一时还看不清他的表情，但他抽烟的姿势倒显得颇酷，尽管多少有些做作，但能隐约看出他一直在观察朱俐那边的动静，随时准备伺机而动。他见朱俐的车启动了，也跟着缓缓起步。

"星巴克"咖啡厅就在繁华商场的边上，来来往往的人很多，咖啡厅里也坐满了人，一看便知大多是城市白领，男男女女的穿着打扮都非同凡响，谈话的姿态都是经过精心修饰的，包括表情，一颦一笑都是那么刻意地得体与优雅，尤其是女人。也许多数是在进行商务性的会谈，这里的气氛适合这样的会谈。当然，也有不少休闲一族，他们与上班族在着装上就有着天壤之别，大多时尚，款式上亦大胆前卫，更多显出个性和品位。

巨大的玻璃幕墙将咖啡厅四周包裹了起来，形成一个等边四方形，坐在里面可以看见街道上婆娑的树影和穿梭往来的人流。外面的人当然也能看到悠游自在地坐在里面品咖啡的人，就如同两个截然不同的世界。

乔真是一个打扮时尚，身材如仙鹤一般的男人，甚至还显出几分阴柔的优雅。他翻看着一本男性时尚杂志，梳理整齐的头发顺从地贴在他的脑门上，那是一种很有设计感的发式。他对面坐着亚娜，一头如瀑布般披肩的长发,也被精心地拉直过,拉直的发丝像一根根坚硬的钢丝。她穿着入时考究,一看就是一身上等的名牌,质地和款式极为与众不同。她从放在茶几上的烟盒里抽出一支烟,塞进嘴里,不耐烦地望着窗外,神情焦灼。

都第几支了,我们尊敬的亚娜小姐?乔真头也没抬地问。

哟,你的眼睛倒是没闲着,看哪儿了呢?亚娜不屑地说。

"啪"的一声,打火机燃起了,是乔真,他顺手抄起打火机点着了,给亚娜递上,嬉皮笑脸地说:当然在看你,眼睛转了一圈,除了看你,我还能看谁?

那为什么?亚娜故意跟他逗贫。

当然是因为你太靓了呗。

瞧你这张嘴,就像抹了蜜似的,难怪路菲被你拿下了,就靠这张嘴?亚娜说,继续看着窗外。

你别那么损,行吗?

那你还想要怎样?说你的魅力让我们路菲神魂颠倒?

真说不过你,我躲着你行吗?

那要看你喽,我无所谓,本小姐就这样。亚娜耸耸肩说。

亚娜看到朱俐从出租车上下来,向着这个方向走来,,她隔着玻璃窗向朱俐招手。乔真也向那边看了一眼。

哟,这位大小姐终于到了,不容易。乔真不阴不阳地说。

亚娜白了他一眼,没搭理他。

朱俐也看见他们了,快步向他们走来。她推开玻璃门,来到桌前。

亲爱的,都几点了?亚娜不高兴地说。

朱俐抱歉道:不好意思,一大早起来就碰见一个"不速之客",出门又撞上孙立,都赶一块儿了,对不起。

朱俐随手将"普拉达"的纸袋放在了桌上。

亚娜随即将脸上的表情转换成俏皮的样子:这究竟是"不速之客"送的呢,还是你的那位孙立?她指着"普拉达"的纸袋问。

朱俐对亚娜提起的孙立,立时呈现一脸的不屑:孙立?我和他现在没关系了。她勉强笑笑。又指着纸袋说,这就是那个一大早来拜访我的"不速之客"。

亚娜和乔真瞪大了眼睛,齐声地问:不速之客?

朱俐做出一副神秘的表情,然后小心翼翼地从纸袋里捧出那只可怜兮兮的信鸽,

亚娜和乔真惊叫一声:鸽子?

好像翅膀受伤了。朱俐心痛地说。

亚娜"啊"了一声,接过去,抚摸了一下,又交给了乔真。

乔真捧着它,看看倒伏在手心里的鸽子。

真可怜,我们得想办法救救它吧?他说。

朱俐"嗯"了一声。我就是来和你们商量的。她说。

乔真继续抚摸着可怜巴巴的鸽子,眼睛忽然闪烁了一下,似乎有什么东西吸引了他的目光。他俯下身去仔细地打量着。

朱俐也注意到了他异样的视线,也定睛看去——

受伤鸽子的细长腿上,有一个小小的铜圈儿。

3. 一封神秘的信笺

呀，这是什么？朱俐说。

我也正琢磨着呢。乔真说。

朱俐从乔真的手中接过信鸽，认真地观察着那个刚刚看见的铜圈，这让她有一种亢奋感，接着，她惊奇地发现，铜圈里居然还藏着一张彩色的折叠齐整的信笺，她将信笺轻轻地抽了出来，展开——

亚娜被她的神情吸引住了，也注意到了那张信笺，好奇心陡增。

写什么啦？她迫不及待地问。

朱俐没回答，她在沉思，因为里面写的是一种她根本看不懂的文字，她心中有一种隐约的预感，这是一封不同寻常的信。

亚娜和乔真更加迫不及待地问：到底上面写了什么？

不知道。朱俐摇了摇头，若有所思地说。

她也确实不知道信中写了什么。

亚娜从朱俐手中接过了信笺，好奇地看，结果大失所望。

乔真也很好奇，将纸条一把抢过。我瞧瞧。他大叫一声，紧接着又发出一声叹息：靠！

信笺上写满了谁也看不懂的日文。

怎么会是日文？难道鸽子是从日本飞来的？亚娜天真地问。

乔真无可奈何地摊摊手：也太远了点儿吧！

朱俐拿过信，又看了一会儿，仍在沉思中，过了一会儿，感叹地说了一句：也许，这里面藏着一个秘密呢！

什么秘密？朱俐，你快说，你觉得是什么秘密？亚娜经常表现出惊人的八卦热情,这种事她总是要刨根问底的。

也许……朱俐目光像是在望着虚空,有一丝向往。也许,朱俐说,藏着一个关于爱情的秘密。

亚娜更加兴奋了。

哇,是吗?那我们赶快找人翻译出来,看看里面到底说了些什么!

朱俐的心亦有所动,这也是她所想的。你看,她说,虽然是日语,但里面有几个字我们能够辨认得出来,你看,这里,写着"爱",这里还有"心"、"泪",嗯,还有……"小鸟"、"自由"和"梦见"。

亚娜发出一声惊呼,抢过信:真的呀?她急切地再看看信笺。还真是!哇塞,太神奇了。

朱俐突然想起了什么,问乔真:路菲什么时候回来?她可是懂日语的。

乔真抿了一口咖啡。他一直在故作深沉地观察着这一切。

还有几天吧?还在东京培训业务呢。乔真说。

朱俐略有些失望,轻叹了一口气:只有她懂日语,可指望不上她了。

可是到那时,我们的"孤独者俱乐部"可就正式开张了?乔真调侃道。

那是你吧,孤独者?路菲不在,就你一人感到孤独,我们可不是。亚娜反唇相讥地顶了一句。

喂,你这张嘴干吗总是这么不饶人哪。乔真不高兴了,他那张狭长的脸拉得更长了。

好、好,亚娜说,我不说了,就听你的,到时我们得开个大派对,这下满意了吧!

乔真有些哀伤地说：这年月，孤独的人不会少。

朱俐目光变得有些迷茫了，自言自语地感叹道：是以孤独为伴的人越来越少了。

亚娜对朱俐说：亲爱的，你们好像也太伤感了吧？她又悄声问朱俐，你和孙立怎么了？

不说他了，好吗？我不想再听到这个名字。朱俐坚决地说。

亚娜自讨了一个没趣，不由自主地伸了伸舌头。

朱俐忽然侧脸看到落地玻璃外有个高个子男人，正快步向"星巴克"走来，他正是刚才坐在"保时捷"上的那位戴墨镜的男子。他叫史大可。此刻，他先站在外面四处张望了一下，目光转向这边，朱俐赶紧别过脸去，对大家"嘘"了一声。

史大可推门进了"星巴克"。

朱俐赶紧从包里掏出一副墨镜架在鼻梁上，又抄起乔真刚才看过的那本书，挡住自己的脸。

乔真和亚娜很有默契地相互对视了一眼，他们明白了，朱俐遇见了一位她想躲避的追求者。

史大可走了进来，上前台要了一杯拿铁咖啡，目光则仍在四处逡巡着。他手里抄着手机，拨了一下按键。

朱俐的手机不合时宜地响起了。

朱俐赶紧将电话摁断，装出一副若无其事的样子，可铃声还是惹得那个男人回头往这边张望。

乔真低声问：一位执著的追求者？

亚娜扮出一副怪相：哟，可真是锲而不舍呀！

朱俐的电话铃又响起来，还是那个电话，朱俐再次果断地将电话摁断。

噢，我们可怜的朱俐，看来你是在劫难逃了，他过来了！亚娜撇了撇嘴，俏皮地说。

朱俐的脸躲在杂志后面，瞪了她一眼。

别看，朱俐说。

史大可往这边走过来，一手端着咖啡，一手擎着手机，像是在寻找证据。他走到朱俐她们身边，摘掉墨镜，很潇洒地轻唤了一声：

朱俐！

哟，史大可。朱俐尴尬地微笑了一下，无奈地扔下杂志，拿掉墨镜，像是刚刚才发现他蓦然出现一样——你怎么会出现在这儿？

你不是说去外地旅游了吗？史大可讨好地问，像自家人似的顺手抄过边上的一张椅子，亚娜不高兴地瞥了他一眼，他也没理会，一屁股坐下了。

亚娜故意地挪了一下位置，这男人身上飘出的那股香水味儿是她不喜欢的类型。她冲着乔真挤了挤眼，乔真一笑了之，又摊摊手，像是在说那我们还能怎样？

哦，提前回来啦！朱俐敷衍道。

前天刚走，今天就回来了？史大可追问道。

朱俐不想再回答了，转过头去对乔真和亚娜说：陪我去宠物医院吧。

亚娜巴不得朱俐说出这句话，赶紧连声说好。他们三个人站了起来，朱俐拎上那个"普拉达"的纸袋。

对不起，我们有事要先走了。朱俐对史大可说。

史大可也站了起来：那我开车送送你们？反正我也闲着没事。

闲着没事最好的办法是坐在星巴克里欣赏美女，对吧？朱俐说，谢了，我们自己能走，不用劳您大驾。

客气，举手之劳。史大可还是执意要送。

我已经说过了，不用了，省省你的汽油吧，我们还有自己的事，你觉得方便吗？朱俐反问道。

史大可语塞了，手足无措地看着朱俐。

那好，我们下次再约吧。史大可说。

乔真与亚娜已然大笑着走出了"星巴克"。

朱俐真牛！亚娜说。

比起你来还差点儿。乔真报复般地说。

亚娜站定，眼睛瞪得大大的，看定乔真：你有完没完？

乔真"扑哧"一乐。

朱俐过来，拍拍亚娜的肩：走吧，看你们俩，好像不斗嘴就不舒服似的。

4. 神秘的男人与女人：规定的约誓

朱俐一行从宠物医院信步走出了,信鸽这时静静地躺在朱俐的手心里,她小心地捧着它,就像捧着一个心爱的婴儿。在信鸽的翅膀上扎有一条显眼的小绷带,大夫告诉她,信鸽无大碍,是被人用气枪击伤了翅膀,但伤得不重,看护一段时间就会好的,让她别担心。

大夫的话让朱俐放心了,她发现她喜欢上了这只天边意外飞来的信鸽。就在她最郁闷最伤心的时刻,它像一个小天使奇迹般地出现在了她的面前,使得她对它的出现充满了感激之情,她觉得它不仅仅是一只可爱的小动物,还是她的朋友。

现在剩下的问题是,那封信究竟是谁写的,里面隐藏着什么内容?她不仅好奇,而且希望也能像这只信鸽似的充当一位人间的天使,帮助信鸽完成它未曾完成的使命。想到这儿,她内心中充满了一种自豪感。连她自己都颇感奇怪,平时她是一个多么自恋的人,不太爱管别人的闲事,除了自己的那点无足轻重的琐事之外,对什么她都漠不关心,可是现在她好像变了,变得想关心点儿什么了。

那是什么呢?

不就是一个信鸽,和那封一时还无法索解的信吗?

也许是。

朱俐,我们还要去哪儿?今天听你的。亚娜说。

哟,亚娜今天怎么像换了个人似的,这么主动?朱俐笑着说。

平时我不这样?亚娜做出一个怪相,假装不解地问。

哦,这真是一个值得思考的问题,乔真装出一本正经的样子说。亚娜平时是啥样儿,我怎么不记得了?

去你的,我知道你就不安好心,别再装了。亚娜拍了乔真一下,撇着嘴说。

哈哈。乔真抻长了脖子,发出几声怪笑。

我们去鲁健他们的酒吧吧,我印象中,鲁健的乐队中有一位从日本回来的朋友。

哦,对,我也想起来了!乔真大惊小怪地嚷嚷了一声。

亚娜这时已站在路边扬手打车了。

一辆出租车看见了她,驶来。

她们奔向了衡山路。

那里是酒吧扎堆的地方,但她们此行的目的地是明确的。

衡山路是上海名闻遐迩的繁华之处,那里给人的印象既很时尚,又很"上海"。也就是说,有太多的殖民地痕迹,那是在久远的年代由西洋人留下的——它的建筑、街道,以及马路两旁种植的法国梧桐。绿荫遮蔽了暴射的阳光,透出树荫底下的一片清凉,而且在随意之间也透出了一种说不上来的诗意和味道。这就是典型的上海,一个与众不同的大都会。

她们下车了。朱俐抬头看了一眼,"酷客"酒吧就在眼前,无声无息地伫立在这条静静的、不事声张的马路边上。大门的墙边上,也像是不经意间写下的几个龙飞凤舞的草书:酷客酒吧,一点儿也没有那种咋咋呼呼的嚣张的感觉,一如附近的其他酒吧。每当夜幕降临时,这一带客人最多的酒吧一定是"酷客",而且老外居多,这就足以说明这家酒吧风格独具了。

"酷客酒吧"的内部装饰是欧式风格,朝向马路是一面大大的落地玻璃，另外的三面砖墙则贴有浪漫花饰的壁纸，一种颇具怀旧色彩的调子，给人以淡雅与安静的味道，还微微带着点儿小有颓废的法式情调。

如果要追问上海更像西方世界的哪座城市，那么莫过于法国的巴黎了。上世纪初，这里就有"冒险家的乐园"及"东方小巴黎"的美誉，不仅仅是因为它得天独厚的海上位置，还因为它的确在城市风格上与巴黎几乎异曲同工。

在酒吧内侧的中心区域，隔出一个不大的舞台，天花板上吊满了为晚间演出准备的灯光设备，一望而知，那个灯光的设计也透着处心积虑的安排——它的照度，及它所要映照的位置……一句话，这是一个极有"品"的酒吧，这也就不难解释为什么在这条街上，唯有"酷客"会人满为患了，就因为它别具一格。

朱俐和亚娜先进了酒吧，乔真殿后。

刚一进去，就听到由几个人组合而成的爵士乐队在磨合曲子，那种随兴的、典雅的，遽尔急促，遽尔舒缓的旋律时时传出。

乔真、朱俐和亚娜捧着鸽子走了过来。她们与酒吧的人都很熟，经过时彼此默默地点点头打着招呼，无须更多的客套。

朱俐她们在吧台边坐下。朱俐看着舞台上，吧台的服务员看了她们一眼，也没先过来招呼要喝点什么，只是点点头。酒保一边擦着透明的酒杯，一边看着舞台上的表演练习，身体随着旋律而微微晃动。

朱俐还在默不作声地看着，一只手搁在了吧台上，乔真则站着，亚娜还没有坐下，双肘撑在吧台上，下颌则搁在摊开的手上，一脸俏皮地看着酒保擦杯子的熟练动作，那旋转的杯子就一直在她的眼前转来转去，她看着有些发呆。

一曲终了。舞台上有一位男生眯着细眼向朱俐的方向看来。

乔真笑了笑,扬起手高喊了一声:嗨,鲁健!

鲁健是乐队的键盘手。他停下来,搁下乐器,与队友们交代几句,向乔真他们走来。

嗨,朱俐!他与朱俐招着手。

朱俐向他微笑,从高脚椅上下来了。

这位是谁?鲁健看了亚娜一眼,带一丝惊喜地问:为什么也不先介绍我认识一下?

哦,情况是这样的,我们就是想在你眼睛发亮了之后,才将她隆重推出,因为这位大小姐是不轻易示人的,所以要保持一定的神秘。乔真像位画展的解说员似的说。

亚娜一开始还保持着优雅的微笑,让乔真的一番话给说急了,脸色立马变了,怒目看着乔真,大喝一声:

乔真,你是不是太过分了?

没关系,没关系,鲁健赶忙圆场:我和乔真太熟了,他开这种玩笑我都习惯了。

问题在于他开的是我的玩笑。亚娜余怒未息地说。

鲁健傻了。一会儿看看乔真,一会儿又看看朱俐,无奈地摊了摊手,表示自己是无辜的,他被亚娜的一句话弄得颇为狼狈,不知该说什么。

朱俐搂着亚娜:宝贝,不至于这么认真吧?你们俩斗嘴也不是一天两天了,这会儿怎么认真上了呢?

平时没问题,现在是在一个我不认识的人面前。亚娜的嘴撅得有些高了。

我们现在不是认识了吗?鲁健哄了她一句。

乔真这时像是觐见英国女王似的,当即前脚一跨,身稍后仰又前俯,行了一个西式的弯腰礼,右手从上到下转了360度:在下向女王陛下请安了!

众人大笑,连酒保也控制不住地笑出声来。亚娜也乐了。

鲁健见气氛缓和了,就有意地岔开了话题:想喝点什么,诸位?

乔真:西柚汁。

朱俐:冰可乐。

亚娜指指朱俐:我跟她走吧。

为什么不跟我走?我还没说要喝什么呢。鲁健温情地看着亚娜,幽上了一默。

亚娜瞟了鲁健一眼,但眼睛里隐藏着微笑,因为她看得出来鲁健的玩笑是出于对她的欣赏。她对男人向来是敏感的,更何况,她对鲁健的印象颇好,他还长得挺帅,她心里说。

那我听听你都想喝些什么?亚娜不甘示弱地跟上一句。

还是冰可乐!哈哈。说完,鲁健自己大笑了起来。

亚娜终于忍不住地笑出了声,她觉得鲁健是个相当可爱的男生。

你们不会没事干大白天跑来找我吧?鲁健的神情又严肃了起来。

没错,朱俐说,想要你帮个忙。她拿出了那封信。

鲁健随手接过,打开一看是日文,有些吃惊,不解地看着朱俐。

我记得上次你说过你们乐队有个人在日本待过,朱俐说,没错吧?

哟,朱俐,我发现你的记忆还挺好。鲁健明白了。我当时就那么一嘴,你还能记住?真行!

鲁健对着舞台吹一声嗯哨,乐队的人抬头看他。他向其中的一人招了一下手:亚亮,你过来一下。

鼓手停了下来，站起来。他剃了一个板寸，嘴角下颌留了点儿尖尖的胡髭，有点儿日本人的派头。他快步走下来，向朱俐她们客气地点了点头。

鲁健将信递给他：亚亮，可能我们这里就你懂了，这些是我的朋友，你帮着看看，这里面都写了什么？

亚亮漫不经心地接过，将信展开。

唔，是日语？他诧异地看了一眼，我说怎么会找上我了呢。他说，然后拿出一块口香糖，扔进嘴里，慢条斯里地嚼着，很随意地看着。看了一会儿，他眼中的微笑蓦然间消失了，嘴角也停止了蠕动。他抬头看了朱俐一眼，似乎想问什么，想了一下，又没问，继续低头看信。只是现在的他，不再是那副无所谓的样子了。

朱俐一直在观察着亚亮脸上的表情变化，预感到信的内容让他有所触动，更加急切地想了解信的内容了。

终于，亚亮看完信了，抬起了头。

信上说的什么？朱俐好奇地问。

亚亮没说话，看着朱俐，待了一会儿。

这封信，是从哪里来的？是什么人写的？亚亮问。

朱俐摇摇头。

什么意思，你不知道？那它怎么又会落到你们的手里呢？

喂，亚亮，你先别卖关子好吗？我们都在等着听你告诉我们信的内容呢。乔真笑眯眯地说。

亚亮又扫视了大家一眼，沉默了一下，然后声音低沉地吟诵了起来：

约 誓

五轮真弓

没有坚信的理由
但我爱上了你
所以今天离别的这一刻
没有要谴责的事情

男与女之间规定的约誓
笑看逝去的一段情
举起酒杯潇洒地喝干了泪之酒的人
是不会再见的味道
温馨的体温
引起牵挂的心
但现在才说爱你
被你拥抱也只觉得痛苦

男与女之间规定的约誓
烧尽的火焰不再
潇洒地喝干了泪之酒的人
是燃烧生命的味道
难道我俩一起养的小鸟
打开窗门就飞走了
男与女之间规定的约誓

迷失中展开翅膀
天空里画着自由
男与女规定的约誓

笑看逝去的一段情
举起酒杯潇洒地喝干了泪之酒的人
是期望明天的味道

　　淳一君，还记得这首歌吗？五轮真弓的歌，她是我们共同的偶像。尽管，当代人似乎已将她忘怀，但我们会记起，因为这里面有我们当年的约誓。那时我们在一起，还有我们的白鸽。现在我要走了，不要责怪我违背了我们"规定的约誓"——它会始终珍藏在我的心里，因为我不想再拖累你，我知道，你太忙，太忙，而我则希望你能每天都守护着我。

　　现在我走了，远远地走了，去一个你看不见的地方。你不要再找我了，请让我安静。如果你还会想起我，请听这首歌吧。我们彼此拥有的那段日子，仿佛是过完了我的一生。我将永远铭记。淳一君，请你记住：离开，是为了让你能更加幸福。

　　原谅我。

雅子

　　亚亮最初只是轻轻地念着，渐渐地声音高亢了起来，抑扬顿挫，一种沉厚的磁性在酒吧里回响。他声情并茂地念着，就像在朗诵一首抒情诗。这诗一般的语言及磁性的声音无形地感染着在场的每一个人,大家为之动容。

亚亮念完了,还沉浸其中,目光中似有感动,似有好奇,他不明白为什么出现了这样的一封特别的信。

一时很安静,每个人都没有马上说话,像是谁都不愿率先破坏笼罩在他们中间的说不清的氛围,在其中,好像他们觉得很享受。

朱俐,真的藏着一个动人的爱情故事,你说对了!亚娜激动地说。

朱俐仍在默默的深思中,没有马上回应亚娜。

即使是故事,也一定是忧伤的!乔真感慨地说。

她用的是五轮真弓的歌词。亚亮说,她过去在日本很有名,都是自己作词作曲。我曾经听过她的歌。

是的。朱俐说,我过去也听过她的歌,那时我还很小,这是我第一次看到翻译出的歌词,没想到这么的美丽和忧伤。

我也听过,我很喜欢她的歌,现在没有人再能创作出这么好听这么动人的歌了。亚娜叹息了一声说。

只是没想到,信的主人会用这首歌来表达她对爱情的告别。朱俐说。

大家又沉默了。

这到底是怎么回事?过了一会儿,鲁健打破了沉默,好奇地追问。

是它捎来的信。朱俐捧出那只白色的信鸽,爱怜地抚摸着它。

鸽子?鲁健问。

朱俐点点头说:我早上醒来,在窗台上发现了它,它受伤了。

等等!亚亮突然说。他发现在信笺最下角还有一行不太清晰的字,他继续念道:另,如果我的小白鸽路途中发生意外,请拣到它的好心人，将这封信寄往日本北海道……谢谢你，好心人，虽然我不认识你，但你帮我送达的是一份曾经的约誓——我祝福你！

朱俐的目光亮了一下，接过信，看了一眼，这才发现自己根本看不懂上面的字。

朱俐停了一会儿，说：亚亮，能按照上面的地址，帮我回一封信么？就说鸽子在我这里，请他放心，我会照顾好它的。

没问题，交给我了。

朱俐又拿起信，有些不被人觉察的触动。电话铃声响起了，她拿起一看，上面的显示是孙立，她果断地按断了。

5. 朱俐的心事

清晨的阳光懒洋洋地透过窗帘，恣意地挥洒了进来，照亮了朱俐的卧室。在空间只有十六平方米左右的小房间中，一张双人床紧靠在墙的左侧，在房间的一角，摆放着朱俐的书桌，衣柜矗立在与窗户对角的方位上。

阳光的照射并没有影响到朱俐的睡眠，她显然睡得太沉了，侧着身，蜷曲着窝在床上。床的另一边是朱俐的朋友亚娜，她倒是仰面躺着，一副睡梦安然的模样。如果没有什么动静来惊扰她们，看这样子，她们一准要睡到午后不可，可是，惊扰毕竟出现了。

电话铃声急促地响起，没完没了。

朱俐翻了一个身，没理。电话铃继续响着，她厌烦地捂住了耳朵，想以此抗拒这铃声的骚扰。刚才还仰面朝天的亚娜微睁了一下眼，也侧过身去，继续昏睡。

话机响起了主人的电话留言：我是朱俐，现在不在家，有事请留言，我回来打给你，拜——

录音沉默了一会儿，仅仅是一会儿，传来孙立犹犹豫豫的声音：是我，我想你，朱俐，原谅我，那天是我一时糊涂。我爱你，真的爱你，有空我们聊聊好吗？我会解释的……我知道你在家……

孙立的话没说完，显然他在电话那头迟疑上了，又不知该说些什么了。时间在飞快地消逝，终于，"嘟"的一声，电话断了。又是一片死一般的沉寂。

亚娜被吵醒了。蒙蒙眬眬地在床上傻坐着，听完录音中传来的声音。

朱俐也醒了，仰面望着天顶，目光空洞。突然想起了什么，一个鲤鱼打挺地翻身坐起，迅速站了起来。

亚娜被她惊了一下：喂，你怎么了？就因为这个电话？

朱俐没理她，走到房间的一角，蹲了下来。

在一块干净的地毯上，静静地躺卧着那只可怜的白色信鸽。

朱俐抚摸着它，轻声道：你好吗？好好养伤，等你好了，我会送你到你的主人家去的，来，我喂你吃点好东西，你一定又饿了，对吗？

朱俐返身拿出鸽子的食物，小心地拆开包装袋，看看说明，然后如法炮制地用水将食物搅拌匀了，捧起信鸽，一点点地喂给它吃。

信鸽像个婴孩般地张开了小嘴，听话地嚼着朱俐喂它的食物。它吃得很慢，艰难地吞咽着。

亚娜也过来了，蹲在朱俐的身边，看着鸽子，也悄悄地观察朱俐的表情。

朱俐，为什么刚才不接电话？亚娜问。

朱俐没理她，接着喂鸽子。

你们吵架了？亚娜又问。

朱俐还是没有回答，也看不出什么表情。

喂，朱俐，我在问你呢，你和孙立到底怎么了？我怎么感觉这两天你的心情不对呢？发生什么事了？

结束了。朱俐还是面无表情地说。

亚娜吃了一惊：结束了？不会吧，你们不是一直都挺好的吗？

朱俐继续喂她的鸽子，又沉默了。

看鸽子吃得差不多了，朱俐将它轻轻放下，起身，来到咖啡机前，开始煮咖啡。

来一杯？朱俐举了举杯子，问亚娜。

亚娜傻傻地点点头。她还在好奇中。

朱俐进了卫生间，敞着门，洗漱去了。

亚娜自觉站在那儿有些傻，也跟了进去。她们俩现在站在一起，像是设计好了似的洗脸、刷牙。在刷牙的过程中，朱俐撇过头来看了她一眼，亚娜正好也在观察朱俐，两人的目光对视上了，此时的她们嘴角都沾满了牙膏泡沫，看上去很滑稽。朱俐"扑哧"一下笑出了声，弄得亚娜也跟着不知所以地傻笑上了，然后都不约而同地看着横在前的大大的镜子，狂笑了起来，笑得前仰后合。

咖啡好了，朱俐倒了两杯。

要糖吗？

亚娜甩甩头。

唔，对了，差点儿忘了，我们亚娜在减肥呢。朱俐说。

朱俐自己先小抿了一口，然后端起另一杯，递给等着她送来的亚娜。

谢谢。亚娜说。

死丫头，跟我客气上了。朱俐拍了她一下说。

那你要我说什么？问你的问题，你三缄其口，一副打死也不说的架势，我除了客气还能说什么？亚娜反击道。

朱俐点燃了一支烟。要吗？

亚娜摇头。你知道我不抽。咦，你不是前阵儿戒烟了吗？

朱俐若有所思地点点头。狠狠地吸了一口香烟，有一丝淡淡的忧伤随着升腾而起的烟雾，缭绕在这个不算太大的空间中。亚娜不再问了，刚才我问的话有点傻，她想。

朱俐走过去，打开了她的的音响装置，一支幽怨的曲子从音箱中飘出。是五轮真弓的那首歌。

我怎么听着有些耳熟？亚娜蹙起眉心问。

再听听。朱俐说。

又听了一会儿，五轮真弓的《约誓》如凄如诉地在房间中萦绕着。

五轮真弓？亚娜惊叹了一声。

朱俐看了她一眼，微微点点头。

这歌声，唤起了她们心中的一种说不清的感伤。

一曲终了，又自动地换了一首五轮真弓的另一首曲子。

亚娜上前，似有所感地望着朱俐，想说什么，可一时又不知如何开口。

朱俐淡淡地笑笑：我知道你还想问什么。你知道这几天我为什么要你陪我吗？

亚娜先是天真地摇摇头，接着又赶紧点点头，说：虽然你什么也没说，但我感觉你情绪不对。

朱俐勉强地笑笑：如果有一天，你发现你曾经爱过的男人和另一个女孩儿在床上，你就会明白了。

亚娜一惊：你是说孙立？不会吧，我怎么看他不像这种人呢？

朱俐冷冷地笑笑：是呀，如果这一切不是发生在眼前……

亚娜完全震惊了：太可怕了！她说。

好了，不说这个了，朱俐说。如果你不问，我本来是不想说的。别去告诉别人，你是我的好朋友，我应当让你知道。

放心，我不会说的。

朱俐的目光又落在了信鸽的身上：所以，我真的很想知道，在它身上隐藏着一个怎样的动人的故事，不知为什么，当时我就相信这和爱情有关，而且是非同寻常的。

传来门铃声，两人同时一愣。

不会是孙立吧？亚娜大惊小怪地问。

朱俐皱着眉看了一下门，又看了看表，在犹豫是否开门。

门铃继续响着。

朱俐向门口走去。

朱俐贴着门缝问：谁啊？

外面没有声音，亚娜也走过来。会是谁？她悄声问道。

朱俐摇摇头，表示她也不知道。

谁呀？朱俐再问。

外面仍然没有一丝动静。朱俐猛地一下将门拉开了。

门外站的是一脸坏笑的乔真，他冲着朱俐大叫一声：是我。

朱俐佯作生气地说：没正经！

乔真大笑，从身后拿出鸽子笼，在朱俐眼前晃着：你说说，你是该感谢我呢，还是怪我没正经？

朱俐乐了：咦，你还真有心！

乔真得意地说：那是，我也得为我们中间出现的这位不速之客做点贡献吧，它现在也是我们俱乐部的预备成员。

你真是中邪了，什么事都跟你的孤独俱乐部扯上关系。除了那个所谓的俱乐部，你还能说点儿别的什么吗？朱俐调侃道。

朱俐转身向鸽子走去，将鸽子笼放在窗台上。

它现在还不需要这个，还受着伤呢。但我还得谢谢你，乔真。朱俐说。

客气。乔真颇为得意地摆摆手。

小家伙，你现在也是我们俱乐部的一位正式成员了，朱俐对着鸽子调侃地说，这位大叔恩准了你的加入，你说声谢谢？放心，我们都爱你。

抗议！我有这么大吗？乔真故意将脸拉长了。

哟，那叫你什么，难道叫你哥哥你就高兴啦？亚娜嬉皮笑脸地接了一句。

亚娜，我再次抗议，你当我是什么人？

好了好了，你们俩怎么凑一块就斗嘴呢。开个玩笑还当真？真没出息！

乔真乐了。你怎么知道我不是在开玩笑呢？乔真说。管他什么大叔、哥哥的，我都认，这下你们满意了吗？

当然很满意。亚娜飞快地又接了一句。

咦，亚娜，我怎么听上去这话说的有点那个呢？乔真睁大了眼睛看定亚娜。

亚娜也毫不示弱地看定他。

那个什么？亚娜逼问道。

现在轮到乔真支吾上了，他也不知道该怎么反击亚娜，有点干吃哑巴亏的意思，他觉得自己的节目演得有些砸。

行了，行了，好男不跟女斗，我惹不起，可躲得起。行了吧？乔真说。

那是你自己的事，我们可没想着要跟你斗，是你自己在斗好不好？

亚娜不依不饶地说。

亚娜,你别老跟乔真过不去,就你这张嘴呀!朱俐嗔怪地说。

乔真忽然咧嘴笑了一下。

这事我想明白了,假如我当了大叔,你们不就成了鸽子的大姨了吗?如果当我是哥哥,你们就是它的姐姐辈,你们自己考虑吧。

亚娜没词了。

朱俐笑了起来:乔真,你的反应是不是慢了半拍?现在才想起反击呀。

乔真像个凯旋的胜利者似的大摇大摆地走向了音响装置,驻足听了一会儿音乐,皱了皱眉。

嗨,各位,乔真说:你们都怎么了?刚起床就放这种让人伤感的音乐,没事吧?

你知道这是谁的曲子吗?亚娜问。

管他谁的,听了让人心里难过,我们还是愉快点吧,这日子过得本来就不容易,别给自己没事找郁闷。换一张,换一张。乔真嚷嚷着说。

五轮真弓。亚娜说。

朱俐走向窗前,将窗帘拉开,灿烂的骄阳照射了进来,明晃晃的。她将鸽子捧起,放在窗台上,双手支着下颌,静静地看着小白鸽,也在享受着阳光的抚慰。

乔真屏声静气地听了一会儿五轮真弓的歌曲。

听上去真的很忧伤!乔真说,就是信中提到的那首歌吗?

亚娜走过来,看了一眼,然后在音乐的数字显示里,点击了她刚才听过的这首《约誓》。

亚娜退后了几步,沉默地站在一旁,认真地听着,表情变得凝重。

一定有一个难言的隐衷！那个信中的日本女人是在用歌来表达她失去的爱情，那会是一个怎样的爱情故事呢？听了一会儿，乔真自言自语地感叹了一声。

歌曲结束了。

我们换换心情吧，不能总是沉浸在这种情绪中，好吗？

没人说话。

乔真开始从 CD 架上翻找着他喜欢的音乐，找到了一张新潮的摇滚乐。他高兴地举起来，向朱俐示意了一下。朱俐点头。乔真熟练地退出五轮真弓的 CD，换上他刚找到的那一张。

摇滚的旋律骤然响起，空气在颤动，气氛变得不一样了。乔真伴随着摇滚节奏像蛇一般地扭动了起来。

生活应当是快乐的，朋友们。乔真扭着身子说。

喝咖啡吗？朱俐跟过来，悄声地问了乔真一句。

乔真继续扭着，冲她点点头。

咖啡好了。亚娜也过来了，冲乔真挥手，他们一起来到窗台前，两人趴在窗前看着窗台上的白鸽。朱俐随后也过来了，站在他们的身后。

乔真转头看朱俐。给它取名了吗？乔真问。

朱俐端着咖啡，望着沐浴在阳光下的小白鸽，想了想：就叫孤独的不速之客吧。

不好，名字太长了点，再想一个。乔真说。

朱俐想了想，叫天使，对，天使。

亚娜快乐地拍起了手：这个名字好，它真像是一位突然降临在我们中间的小天使。

朱俐笑了。

6. 来自"东瀛"的神秘男人

时间过得真快，距离"天使"的光临又过去了半个多月了。这一段日子里，朱俐的生活处在一种她自己都不愿看到的混乱状态中，她一时还无法控制自己。在过往的日子里，她一直以为自己能挺过去呢。可是事与愿违，不但没能迈过这道坎，反而心情越来越糟糕了。恋人的背叛让她备受打击，她完全无法忍受这种由背叛所带来的痛苦与羞辱。她试图让自己获得解脱，因为一再地沉陷在痛苦中让她对什么事都心灰意冷。她不愿这样，真的不愿意，可有什么办法能让她获得解脱呢？

一个人是无法左右自己的情绪的，她又何尝不愿忘却自己的过去，而重新开始一种崭新的生活？可是新的生活又在哪里呢？她不知道，她只能面对自己的现在，面对这股像影子一般纠缠着她，让她无法自拔的由失恋带来的绝望。

她确实很绝望。倘若说过去她和她的朋友们最爱挂在嘴边时髦的词汇是郁闷，现在她觉得这一词汇已无法表达心情了。只有绝望才能多少接近于她此时此刻的心境。

朋友们担心她会出事，经常过来陪伴她，帮她度过最艰难的日子，可是收效甚微。她几乎每天晚上都要去夜场，让喧嚣嘈杂的音乐、沸腾狂欢的人流把自己整个地淹没掉，然后拼命喝酒、胡闹，只有在那一刻，她才觉得能将心中的不快、绝望发泄出去。她可以在酒精的刺激下麻痹自己，可以让自己躲藏在由酒精所营造出的假想的快乐中。

朋友们虽然都在高高兴兴地陪着她瞎玩，但私下里却知道，她一反常态的情绪是为了什么。他们了解她。作为忠实的朋友，他们有责任帮她度过心理上的危机,所以多半在夜场结束之后,会专门选派一人去陪伴她,为的是怕她一个人回家会出点儿什么意外。

这是他们所不愿看到的,同时也是出于朋友间的一种责任。

今天是由鲁健送她回家。他们向屋里走去时不断地从脚底下传来酒瓶倒地的"咣当"声,把鲁健吓了一大跳。

他赶紧先找电灯开关。还好,很快就找到了。灯亮了,他的眼睛可以看清这屋里的一切了。真是太乱了!

朱俐确实醉了,而且醉得不轻。在鲁健的搀扶下,跟跟跄跄地进了门,嘴里还含含糊糊地说着一堆谁也听不清的胡言乱语,并时不时地哼上几首小曲子。

鲁健扶着朱俐,将她放在床上,她像一摊烂泥般四仰八叉地倒在了床上,大口大口地喘着粗气。

鲁健也累得够呛了。

鲁健在她的床沿上坐下,定了定神,无奈地看着醉意中的朱俐,有些不知所措。

朱俐还在躺着,嘴里冒着胡话,好像在诅咒着什么人,有时还会伸手到空中胡乱地想抓着点儿什么似的。

鲁健又看了看朱俐的屋子。地上四处堆放着各种品牌的啤酒瓶,一些被换下的衣服来不及洗,胡乱堆在屋里的一个犄角旮旯里。房间极其凌乱,完全不像过去朱俐的风格。在鲁健的印象中,朱俐是一个生活很仔细的人,甚至可以说有洁癖。她总是会把自己的小屋子收拾得井井有条,充满温馨,她常对朋友说,我喜欢干净,这样我自己会有一种舒适的安全感。

可是现在一切都被改变了,除了混乱还是混乱。就连平时生活不太讲究的鲁健都看不下去了。他站了起来,将过于碍手碍脚的酒瓶子搁到了墙角上。他不敢有太大的动静,怕会惊醒了朱俐。

当这一切都已妥当了,他正要拔脚离去时,朱俐突然开始呕吐,他赶紧找来一个脸盆接着。吐完了,朱俐又开始了新一轮的胡言乱语。她睁开了眼,看见了鲁健。

你为什么对我这样?为什么?朱俐大声地呵斥着,开始大声号啕。

鲁健无奈地笑笑,安慰她:你搞错了,朱俐,是我,我是鲁健。

你们都不是好人。朱俐抽泣着说。

你好好地睡会儿吧,好吗?太晚了,我得先走了。鲁健就像在哄一个婴儿。

不能走,你要去哪儿?我不要你走,不要。朱俐的声调陡然升高地说。

这个要求让鲁健很为难。毕竟是孤男寡女,他觉得自己待在一个女孩儿的房间里不合适,可是他又不放心朱俐,他知道如果自己这时候走了,朱俐有可能又会闹出点儿什么事来。

他左右为难了。

没办法,鲁健只好硬着头皮留下,他没有选择。他又坐在了朱俐的身边,仍像哄孩子似的哄了她几句。朱俐的情绪稳定了一些,眼睛又闭上了。看着烂醉如泥的朱俐,鲁健犹豫了一会儿,从衣柜里拿出毛巾被,给她轻轻盖上,然后将灯熄灭了,自己来到了沙发前,一屁股坐上去了。呆坐了一会儿,眼皮开始发沉,身子一歪,蜷缩在了沙发里。他也真是累了,困意袭来,眼皮也在不由自主地上下打架,他闭上了眼睛。很快,鲁健也进入了梦乡。

床头柜上的钟表指向十点半。

朱俐的小屋内静静地躺着两个人——鲁健和朱俐,一个像只听话的小狗似的蜷缩在沙发里,微微打着鼾,一个则披头散发地斜躺在床上。

朱俐的电话发出震动声,上面显示着史大可的名字。她没听见,她睡得太沉了。

鲁健醒来了。他是被内急的压力催醒的。他先是睁开迷迷糊糊的眼睛,望着天花板,似乎觉出这里的陌生,又歪着脖子向四周看了一眼,还是陌生的。他感到奇怪,一时还没反应过来自己是怎么来到这里的。他"呼"地一下翻身坐起,再揉揉眼角,定睛看去——

朱俐还在熟睡,脸上有种说不来是甜蜜,还是陶醉的表情,这才让鲁健想起了昨晚发生的一切,记忆开始恢复了。膀胱的鼓胀和压迫让他一下子从沙发上蹦了起来,他疯了一样地冲进了洗手间。

有人敲门。同时还伴随着手机的振动,振动后很快转化成了喧闹的铃声。

朱俐醒过来了,想也没有多想,如游魂般地向大门走去,拉开了门。

门开了,史大可正捧着一大束鲜花站在门外,脸上放着光。

但他真是没想到迎面看见的是衣服皱皱巴巴,头发凌乱不堪的朱俐。有瞬间的惊愕,但他毕竟是机灵的,迅速让自己惊愕的表情转换成了一副谄媚的笑容。

我在想,你可能会拒绝我,但一定不会拒绝鲜花。

他在试图寻找一种自认为幽默的表达方式。这句话一出口,就感到了一丝扬扬得意,心中由衷赞佩自己的俏皮。

朱俐还没有彻底清醒过来,仍在迷蒙中,这种时候当然不可能领会到他的幽默,也没有这份心情。她第一个反应就是要将大门狠狠地关上。

正要关门,朱俐忽然觉得一阵晕眩,踉跄了一下,被史大可及时地伸手扶住了。他闻到了从她嘴中发出的酒味,没作更多的表示,只是小心地搀扶着她进了屋。

朱俐现在就靠在史大可的肩上,他能清晰地感受到从朱俐身上散发出的气息,虽然还掺合着一丝酒精的气味,但他并不在意。他现在最需要的是朱俐与他的亲密,而她现在的意识却在一片混沌中,酒劲儿尚未最后散去。这种时候与她的身体发生些微的接触,抑或有那么一点小小的亲密举动不但时机正好,而且无伤大雅。

想到这里,史大可的心中掠过一阵窃喜。

可是他很快就失望了。正当他扶着朱俐往床边,也向他幻想的目标走近时,迎面撞见刚从洗手间出来的鲁健。

两人都有些意外地打量着对方,因为双方谁都不可能想到,在这间屋里会出现另外一位陌生的男人。

史大可从尴尬的表情中飞快地挤出一个自我解嘲的笑脸。

哦,看来我这束美丽的鲜花送错了地方!

没……没有,很是地方,我只是……哦……你误会了……我们……鲁健想解释,但很快发现在这种境遇下他有点儿有口难辩了。他能说什么才让对方明白呢?

朱俐已经根本不记得昨天的事情了,她又一次睁开了眼睛,纳闷地看着鲁健,一脸奇怪。

你怎么会在这儿?朱俐问。

我?是我昨天送你回家的呀!

鲁健急了，他知道朱俐误会了，着急地比划着解释。可他的牛仔裤拉链刚才忘了拉上了，朱俐正好低头看见了，手指了一下示意他将它拉上。鲁健一开始不解，不知朱俐是什么意思。朱俐还在笑着指点着。鲁健低下了头，这才发现，"噢"地惊叫了一声，赶快转身单跳着脚将拉链迅速拉上了，又转过身来，红着脸对朱俐说：

是这样，朱俐，昨晚你喝得有些高了，需要有人帮助，亚娜因为有事……所以，所以她让我……他向沙发的位置看了一眼，指着沙发：哦，我就在这儿，在这儿，躺了一晚上。

史大可嘲讽地望着他：绅士，一位伟大的绅士，看来我应当替朱俐对你表示感谢喽？

鲁健语塞了，匆忙来到朱俐的旁边，手扶着她的耳朵悄声地问：对不起，我不知道你有这一位男朋友，我是不是给你找麻烦了？

朱俐不屑地对着史大可瞪了一眼：你是我什么人，我需要你来感谢吗？

史大可无所谓地耸耸肩。这时他看见了桌上的花瓶，大步过去，把花插进去，又去水池加了些水，转身捧着装满鲜花的花瓶回来了，嘴里哼着小曲，一副春风得意的样子，来到桌前，准备将花瓶放上，一抬头，愣住了——

门没关上，现在又被无声地推开了，先是一束鲜艳的玫瑰花试探性地伸进屋，一动不动，隔了一会儿，一个瘦弱的身子才跟着出现了。

是孙立。他脸上还是挂着那副标志性的斯文的微笑，虽然从那张笑脸上，能隐约感觉到一丝不太自然的拘谨，可他在尽量地使自己显得轻松。刚进门，就本能地用脚后跟将门踢上，与此同时脸上的微笑骤然凝固了，因为他看到——

史大可正向桌台走去,准备将插满鲜花的花瓶放回到原来的位置上。这时的史大可嘴里正得意地哼着一支浪漫小曲儿,边走边装模作样地闻着鲜花,很陶醉的样子。听到动静,他漫不经心地抬起了头,眼前突然出现的居然是与他手中几乎一模一样的鲜花,所以他也愣了。

场面尴尬。两个面面相觑的男人,像斗鸡似的互相打量着对方,目光里甚至喷射着一股不无妒意的火花。

朱俐冷冷地看着,有点儿袖手旁观的意思。她现在彻底清醒了。一时还看不出这时的她在琢磨着什么。

霎时,屋子里弥漫着一种奇怪的气氛。鲁健马上想到自己应当立刻离去,他觉得自己不能莫名其妙地蹚这道浑水。他向朱俐匆匆挥了下手,拔腿就走。他来到了门边,迅速地拉开门,正要抬腿迈出,表情随即僵住了,倒退着又重新回到了屋内。

门外,一位西装革履的年轻男人笔直地站立着,看见了鲁健,忙屈身鞠躬。

鲁健刚才从孙立面前擦身而过时,孙立根本还没来得及注意到他,他的注意力全在那位插花的男人身上。现在,他又觉得这个灰溜溜的要溜走的男人非常可疑。当他发现鲁健又奇怪地倒退着回来时,又往身后看去。他的脸色也由最初的嫉妒转化为怒气了。

从朱俐的视线看去,她看不见门外的人,但鲁健表现出的奇怪举止亦让她迷惑。她不解地看着鲁健,不知道究竟发生了什么状况。

又来了一个人……哦,你的客人?鲁健语无伦次地对朱俐说。

朱俐忍无可忍地低吼一声:你们都是谁?你们有权力来我家吗?我请你们了吗?都给我出去,出去!

她一阵风似的走到花瓶前,将花一把扯出,狠狠地掷到地上,还上脚解恨地踩了几下。

史大可想阻拦可没来得及,只好在一边可惜地大叫:哎,别……哟,我的鲜花呵!

朱俐根本没理会他的叫喊,情绪冲动地又快步走到孙立跟前,伸手将花一把抢过,气呼呼地甩到地上,冲着他嘶声大叫:你还有脸来我这儿吗?你给我滚!

孙立的脸气得通红,嘴唇上下哆嗦着:你太过分了,过分了!

朱俐来到了门前,站在门口,一只手指着外面向屋内怒吼:出去!

一直站在门外的那位英俊的男人不知所措地看着她,他不知屋里发生了什么,脸上不由现出慌恐,向着站在门边上的朱俐鞠躬。

朱俐被彻底激怒了,歇斯底里地大喊:你是谁?谁让你来的?都给我滚,滚——

门外的男人没敢抬头,只是鞠躬,嘴里吐出几句混浊的日语:对不起,给您添麻烦了。

愤怒中的朱俐根本没听见别人在说些什么,怒气冲冲又转回到屋里,质问道:你们还站着干什么?

鲁健见势不妙,准备悄悄地溜走,结果被朱俐看到了:鲁健,我没让你走,你就站在这儿,让他们看看你在我这儿,怎么了?

当然没什么,我不会介意,请便。史大可挤出一丝笑容,抖抖肩膀,仿佛不为所动地说。

孙立弯腰捡起散在地上的鲜花,突然怒不可遏地冲到史大可面前发出一声断喝:你他妈的到底是谁?

史大可嬉皮笑脸地看着他,嘲弄地说:当然不会是朱俐的前任男友,好像这不该是你来的地方,对吗?你进错门了。当然,这是完全可以原谅的。

孙立急了,想一把揪住史大可的衣领,可那只细瘦的小手刚伸过去,见史大可脸色一变,又缩回来了,只是将手中的残花狠狠地砸到他的身上。史大可很仔细地拍了拍沾在身上的花屑,又耸了耸肩,惋惜地发出一声叹息:

哎,你真不像是一位君子,难怪朱俐要离开你。

孙立又一次要上去,试图撕打史大可。被史大可一把擒住了他伸过来的手,狠狠地捏了一下又松开了。史大可的表情开始变得凶狠,他虎视眈眈地看定孙立。

孙立缩了缩脖子,害怕地倒退了两步:疯了,你们都疯了!

孙立怒气冲冲地走了。走时,嘴里还骂骂咧咧地说着:你们等着,等着,我们走着瞧!

当然等着,我们很愿意在这里再次恭候你的光临!史大可面露得意地说。

门外,那位英俊男子见到孙立,又是标准的鞠躬礼。

你他妈的是谁?有病吧。孙立没好气地说。

那个男人显然没听懂他在说什么,惊讶地看了他一眼。给您添麻烦了。他说。

你说什么鸟语呢?装他妈的什么大尾巴狼。孙立发泄般地说。

孙立匆匆走了。屋子里出现了短暂的宁静。

史大可笑眯眯地走向怒气未息的朱俐身边:你这个前男友真没教养,你离开这种人是对的,你看——

朱俐本来就在气头上,被史大可的一番话刺激得再一次爆发:

你是我什么人?这话轮到你来告诉我吗?你要脸不要脸,成天跟踪我？你现在就给我滚，滚出去！

朱俐推着史大可到了门外，然后狠狠地将房门"咣当"一声重重地关上了，大喘了几口气。

终于安静了。她看着鲁健，他正惊魂未甫地望着她。

朱俐身子一颓，倒在了沙发上。看着散落一地的残花败叶和穿衣镜中的自己，她突然感到自己的生活陷入了一片混乱，她捂住脸，突然想哭——

门铃又响了。

鲁健看了朱俐一眼，正犹豫是否应该去帮她开门，门铃又"叮当"响了一声。鲁健看朱俐没反应，只好自己上前拉开门——还是刚才那位英俊男子。

他是淳一。

淳一又一次见到了鲁健，客气地笑笑，鞠躬。

鲁健回头看了看朱俐，见她还是没有反应，只好说：对不起，朱俐今天心情不好，不想见人，你下次再来吧。

淳一当然听不懂鲁健说的中国话，他努力从鲁健的表情中去辨识他所表达的意思，终归无济于事，于是他说：我是从日本来的。

鲁健这才意识到，这个男人是日本人，这是他的发声告诉他的。

淳一从口袋里掏出一封折叠规整的信件，交给鲁健。

鲁健看了一眼，见上面写有朱俐家的地址。他不知道究竟是怎么回事，回头对朱俐喊了一声：嗨，朱俐，来了一个日本人找你。

朱俐仍在消沉的情绪中。

我不认识什么日本人，你让他走，别来烦我。朱俐说。

鲁健把信又还给了淳一，客气地说：哦，朱俐现在不想见人，你改日来好吗？

淳一误会了鲁健的意思，以为在说他可以进屋了，快乐地"嗨"了一声，点头致意：谢谢，打扰了，我拿了东西就走。

淳一拎起他的巨大个儿的双肩背旅行包，抬脚就要迈进门去。

鲁健赶紧拦住：不行，今天不行。

淳一不知所以地怔忡地看着他。

坐在屋里沙发上的朱俐突然反应过来是怎么回事了，稍稍整理了一下自己蓬乱的头发，顺顺衣服，振作了一下，走到门口，态度平缓地问淳一：你找我？

淳一看到一脸憔悴的朱俐，先是紧张地鞠躬，接着又恭敬地将信件递上，还附带一张名片。

朱俐知道他是谁了，认真地打量了他一眼，微微地点点头，低声说：进来吧。

鲁健奇怪地看着他们俩，不知朱俐今天为什么神经兮兮的，不可思议！

朱俐回身走了两步，见淳一仍站在原地不动，才反应过来他可能没听懂她刚才的话，便向他友好地招招手，让他进来。

淳一拎着旅行包胆战心惊地跟进去，生怕自己又误解了别人的意思。

房间更加凌乱了，他不得不小心迈过满地的花瓣和杂乱无章不知道已经放了几天的啤酒瓶。

鲁健觉得自己可以走了，他没再向朱俐打声招呼，悄悄地出了门，走前顺手将门也轻轻地带上了，随着一声门响，屋子里又重新归于平静。

朱俐一甩手拉开了窗帘。外面的阳光瞬间铺洒开来，照射在白鸽的身上，它瞪着一双好看的眼睛，嘴里发出"咕咕咕"的声音。

淳一听见了鸽子的鸣叫声，抬头一看，发出一声惊呼，手中的旅行袋滑落在地。他向窗口奔去，激动地将鸽子捧在手心上，百感交集地打量着它，看到它身上的白色的绷带，心痛地抚摸着，然后，将它贴在自己的脸上：想你，小白，终于又见到你了！

淳一呢喃着，眼中泪光闪烁。

朱俐站在一旁静静地看着，突然有一丝感动在心中回荡，是因为淳一眼中隐隐闪现的泪光，还是因了他声音中所夹带着的深情？她不知道，但她清楚的是，如自己所料，这其中的故事一定非同寻常。

淳一忽然停住了，像是想起了什么，面对朱俐，深深地鞠了一躬。

谢谢你救了小白的命，谢谢了！他用日语说。

从淳一走进这间小屋的那一刻开始，我们故事中的男女主人在彼此的交流上就呈现出奇异的景观。他们都说着各自本国的语言，是对方根本听不懂的语言，于是，当他们需要交流时，彼此只能通过对方的表情和当下的情景去揣测他或她有可能会说了些什么。所以，看上去有些怪异和独特。

由于淳一的举动太突然了，一直在沉浸中的朱俐惊了一下。看着淳一频频向自己鞠躬，她的脸上浮现出了一丝羞赧，虽然没听懂淳一在说什么，但她能明白，他是在感谢自己，一时有些慌乱，也不知该怎么回应，竟然下意识地学着淳一也鞠了一躬——

你太客气了。朱俐说。

结果，朱俐这一鞠躬行为又反过来让淳一更加不知所措了。他没想到朱俐会向他鞠躬，手足无措，又赶紧再次鞠躬。

于是，两人就这样连续地你鞠我躬。

终于停住了，好像突然明白了这样下去会显得很滑稽，于是都半躬着身子仰起脸来看看对方，脸上不由得呈现出尴尬之色。

还好，这时电话铃声骤然响起，打破了尴尬。朱俐转过身，向放置电话机的方向跑去。

朱俐冲到电话前，匆忙拿起听筒，先是"喂"了一声。传来的是亚娜的声音：天哪，你还真的没出门呐！我们全到了，就差你了，我还担心你出了点儿什么事呢！

什么全到了？朱俐一时没反应过来。

哎哟，你真是睡糊涂了吧？酒还没醒吧？不是对你说了路菲今天回来吗！亚娜有点儿生气地在电话中嚷嚷上了。

朱俐这才想起她们事先的约定：真是差点儿忘了，对不起，我这里出了点儿状况。

什么状况？亚娜好奇地问。

朱俐转过脸看了淳一一眼，见淳一也在看她，对着他微微一笑。然后压低了嗓门捂着话筒说：

你还记得那只鸽子吗？

天使？当然。亚娜回答。

现在他来了！朱俐说。

亚娜显然没听明白，在电话里大声问：谁来了？天使？它不是一直窝在你家待着吗？

死丫头，这都听不懂？是那个日本人。朱俐说。

哇塞！一听说"天使"的主人来了，亚娜顿时热情大增，她的嗓门又提升了八度：真的呀？太神奇了！长得帅吗？

我就知道你只关心这些东西，帅，满意了？朱俐笑着回答。

满意不满意跟我有什么关系！亚娜的小嘴撅上了。他又不是我的，你一会儿也带这个日本帅哥过来吃饭吧，我们也好见识见识他到底有多帅。

行，我试试。朱俐愉快地说。

亚娜显然很不满意朱俐的回答，又嚷了一句：记住朱俐，不是试试，是一定。

还没等朱俐的回答，电话就被亚娜挂上了。朱俐开始有些兴奋了，她发现这个突然降临的日本男人给她带来了好心情，一个人抿嘴乐了一会儿，再抬起头向淳一看去。

淳一此时也在小心地打量她，目光在这一瞬间对上了，双方都有些别扭，两人几乎同时开口——

朱俐：不好意思。

淳一慌乱道：对不起。

朱俐：哦，你先说，你要说什么？

淳一没听懂对方说什么，手一摊，很无奈地摇摇头。

这一段时间麻烦你一直在照顾小白。淳一由衷地说。说着，又鞠了一躬。我想请你吃饭，可以吗？

朱俐一句也没听懂，但他发现这个男人发出的声音很好听，她想从对方的表情中判断出他话里的意思，但是徒劳的。

我一会儿要和朋友去吃饭，我们有一个朋友从外地回来了。朱俐一边说着，一边用手比划着吃饭的动作：吃饭，懂吗？

淳一脸上放出了光彩，频频点着头，他误以为自己刚才的话朱俐听懂了，这让他显得非常快乐。

对，对，我请你吃饭，现在。淳一指指自己的胸，又指指朱俐。

朱俐也以为他听懂了，快乐地叫了一声：太好了，我们现在就出发。

朱俐示意淳一前面走，淳一点头，又让她先走，朱俐不再客气了，快乐地向门口走去。

淳一拎起了刚才放在地板上的大旅行包，背上，又走到窗前，将信鸽抱上，准备跟上朱俐。

朱俐到了门口，觉出后面没传来脚步声，回身，见他一副就此一别的架式，目光霎时黯淡了下来，随即拦住了走过来的淳一。

鸽子，她指了指鸽子，死劲地摇摇头。现在不能走，有伤，你的包，她又指了指包，指指地上：先放下，我们还要回来。

淳一还是没明白，眼睛瞪得大大的，站在她面前，看着朱俐发愣。

朱俐笑了，干脆走上前去，从淳一的手中接过鸽子，重新放在窗台下，又过来准备帮淳一将包放下。他站着没动，直到朱俐要过来拿包，才紧张地闪在一边，主动地松了松肩，自己动手，将包放下了。

这样才好。朱俐说，我不想这么快就让受伤的鸽子离去，我不放心，你知道吗？这一段时间我过得很辛苦，多亏了有它，它给我带来了很大的安慰，我舍不得它走。

朱俐略带忧伤的目光向鸽子投去。鸽子也在看着他们，嘴里发出"咕咕咕"的声音。

朱俐说得有些动容，淳一感觉到了她在倾诉心声，虽然没听懂，但他知道她在表达一种忧伤，与他的鸽子有关。他有些感动，诚恳地点着头，算是回应。

我们还是走吧！朱俐停住不说了，忽然感到有些疲惫。

7. 朱俐与淳一

朱俐和淳一出现在餐厅，远远看到了路菲，她着一身颇为时尚的西服及短裙，显然刚下飞机没回家就直奔约会而来。她长得一副纤细瘦长的小身段，脸上含着训练有素的微笑，蓬松柔软的头发灵巧地绾在脑后，用一根红丝线系着，一个典型的城市白领的庄重打扮，从性格特征上看，与亚娜判若两人。

朱俐随即发出一声尖叫，跑过去与路菲拥抱在了一起。

乔真装模作样地耸耸肩。

这是干吗？至于吗，搞得像是生离死别似的。乔真说。

亚娜瞥了他一眼。死样儿，亚娜说，好像就你自个儿弄得像个人模狗样似的，心里还不定怎么美着呢。路菲，管管你们乔真那张烂嘴行吗？求你了。

他呀，我可管不了，不是交给你们管了吗？路菲微笑着说，爱怜地看了乔真一眼。

乔真趁机向她挤了挤眼，意思是说他就是要逗亚娜上窜下跳。

淳一跟随在后面，略显羞涩和尴尬。他原以为朱俐听懂了他的意思，与他一人共进晚餐呢，没想到会遇见这么多陌生人，他看得出来，那都是些朱俐的好朋友。

亚娜和朱俐拥抱的时候小声地问，你说的就是他？

朱俐点头。你看他帅吗？

去。亚娜推了朱俐一把，又悄悄地盯了淳一一眼。

朱俐，亚娜说，你是不是要给大家介绍一下这位新到的客人啊？

朱俐笑着捅了亚娜一下：瞧你急的。

朱俐掏出淳一刚给她的名片，先递给路菲，向淳一摊开手，淳一善意地一笑。

路菲用日语读出淳一的名字，然后又用中文说：他叫淳一。

路菲转身又用日语对淳一说：你好淳一！很高兴认识你，我是路菲，这里都是我们的好朋友，请多多指教！她礼仪性地鞠了一躬。

淳一始终挂着僵硬的表情，一副不知所措的样子。因为在座的都是些陌生人，而只有他自己是来自于异国他乡，加上他也不太擅长与陌生人交往，又置身在一个陌生的语言环境中，所以一直处在尴尬中。猛然间听到有人准确地念出了自己的日文名字，一激灵，又见她在用日语称呼他，还用标准的鞠躬礼对待他，受宠若惊般地赶忙还礼。

你懂日语？淳一惊喜地问。

懂一点点，不多。路菲矜持地回答，我刚从东京学习回来，我们公司的总部在日本。

呃，东京？我们日本东京？

是的，东京。路菲说，一座美丽的城市，我爱它。

谢谢。淳一高兴地说。

淳一咧开嘴笑了。这是他来到这个陌生的国度，第一次听到有人说起自己熟悉的语言，多少有些喜出望外。他开心地笑着。他笑起来纯真可爱，就像一个还没长大的孩子。

你好！很高兴认识你们，我是淳一。淳一真诚地说。

乔真自我介绍：我是乔真！

我是亚娜！

朱俐调皮地：嗨，淳一，我就不用介绍了，但我的名字叫朱俐，朱俐，她加强了朱俐二字的发音，我们见过了。

淳一乐呵呵地频频点着头，一句没懂，但表情却是快乐的。

大家纷纷入座了。路菲紧靠乔真坐着，朱俐和淳一坐在一起，而亚娜则坐在淳一的另一边。这是朱俐有意安排的，她知道像今天这样的聚会，必须有一个人能够与淳一说话，所以路菲的位置离淳一很近。她注意到了淳一的腼腆，知道他是个颇为内向的男人。他似乎显得很紧张。她想，在她们中间也只有路菲懂点儿日语，因为她大学学的就是日语，毕业后又去了一家日本公司，对于日本的语言和习俗她是熟悉的。这样安排挺好。

她发现淳一不像刚来时那么拘谨了，她希望他能快乐。那封雅子的信，让她多少能猜出一点淳一与这位雅子之间发生的故事，她能够想象淳一内心的隐痛，这让她产生了同病相怜的感觉。

淳一转过头对坐在他身旁的朱俐结结巴巴地说：朱——俐。他重复着刚才学过的中文。

淳一大舌头般不准确的发音把大家都逗乐了。

朱俐没想到刚才随意说出的自己的名字，淳一居然会一下子就记住了，尽管发音不准确，但难得他有这份心，这让她有些意外。

在大家的一片哄笑声中，淳一羞红了脸，他以为自己念出的名字不对呢。

路菲注意到了淳一的羞赧，在一旁鼓励他：你念的是对的，淳一，你学得很快！

淳一瞪大了眼睛：真的，我说得对吗？

你说得对，路菲再次肯定地点点头，你没看到朱俐都吃惊了吗？

淳一看了一眼朱俐。朱俐正看着他，见他觑着自己，便对他感激地点了点头。

淳一放心了。

这是一家装修风格极酷的韩式烧烤店。大家都围坐在一个巨大的锃光闪亮的钢板台前,大厨们一身白大褂,头上戴着一顶高耸的白帽,乍看上去会有些滑稽,就像某部卡通片中出现的人物。他们井然有序地忙碌着,动作娴熟而准确,干脆利落地将牛肉块潇洒地抛在钢板上。随着"哧"地一声响,铁板瞬间冒出一丝青烟,只一会儿,大厨的夹子跟着就到了,将冒着袅袅青烟的牛肉翻了一个个儿,牛肉已然变色,由红渐灰。大厨再表演般地撒上一些佐料,将牛肉来回地翻滚了几下,足以让人口涎欲滴的味道便飘逸而出了。香极了!

乔真显得有些急不可耐了,他的眼睛一眨也不眨地盯着大厨的手,眼珠跟着左右移动着,鼻翼上下抽动,就像被安置了一个活动装置,同时开始不停地搓着手,一副跃跃欲"食"的样子。

路菲瞥了乔真一眼,微蹙了一下眉,又打量一下周围朋友的反应。还好,没人过分地注意到乔真的失态,她用胳膊肘戳了一下乔真,示意他注意点。

有什么问题吗?乔真认真地说。

大家转过脸来看着乔真,乔真冲着大家笑笑,还是脸对着路菲:你想说点什么?

路菲的表情显得很不自然了。没什么呀。她敷衍地说。

没什么?没什么你刚才碰我一下干吗?

路菲终于急了。乔真,你能成熟点吗?

我怎么啦?乔真还是不明就里,认真地问。

路菲气急,只好揪着他的耳朵,趴在上面压低声音地轻吼了一声:我会告诉你的,但不是现在,明白了?

乔真"哎哟、哎哟"地叫了几声,点头答应,行,行,你快放了我。

路菲这才将他放开。

你这是一种暴力,明白吗?乔真捂着耳朵说。

那是为了暴力能让你长记性。路菲回了他一句。

亚娜喜笑颜开了,兴高采烈地嚷嚷了一句:路菲,还是你牛,乔真还真得等你回来收拾他,否则他都快不知道自己姓什么了。

我们的事轮得到你来说吗?乔真刚才被路菲当众揪住了耳朵已深感大失脸面,正要找人出气呢,现在,亚娜如此不合时宜地出现,让他迅速将怒火向她撒去。

淳一不知道在他们中间出现了什么问题,又开始紧张了。他看看乔真,又看看路菲,然后又向亚娜看去,显得坐立不安了。

朱俐一直在暗暗地关注淳一,他的异常反应她感觉到了,她碰碰路菲:路菲,你们别闹了,淳一是我们的客人,搞不清楚我们之间发生了什么,肯定会不舒服,你多跟他说会儿话,否则他会不安的。

路菲又恢复了她富有职业感的微笑,对淳一说:哦,你可别介意,我们这是开点儿小玩笑。

淳一也笑了,但看得出,他仍在纳闷中,他还是不能明白,这些中国人都怎么了。

头排烤肉好了,那位戴着白色高帽的大厨很熟练地又来回翻滚了几下,操出一把不锈钢的餐刀,将烤肉潇洒地切成了几块,然后微笑地送到了朱俐她们的盘子里。刚出炉的烤肉散发出一股迷人的香味。

朱俐示意淳一尝尝，淳一点点头，但没动。朱俐明白了，自己先尝了一口，好吃，朱俐说着，插上一块肉举起，向众人说了一声，吃吧！大家欢呼一声，都嚼了起来，淳一这时才文质彬彬地凑上嘴轻咬了一口。

亚娜一边津津有味地吃着，一边拿出淳一的名片看着。她翻了一面，注意到上面有漫画图案，转脸问路菲：他是漫画家？

路菲摇摇头，因为她也不清楚，于是问淳一：您是漫画家？

淳一将刀具小心地放在瓷碟上，用白色的餐巾擦擦嘴，恭敬地说：唔，谈不上什么家，只是画画儿的人，为一些杂志画些漫画。我喜欢漫画，小时候美国的漫画史努比、大力水手给我很深的影响。

路菲对大家说：他说他给一些杂志画漫画，喜欢史努比。

亚娜轻叫了一声，史努比，哦，我太喜欢那只可爱的小狗了。

接着，亚娜先是模仿史努比的模样，发出几声狗吠声，然后又比划出几个经典的日本漫画的人物动作，那都是些日本Q版的漫画动作，她挤眉弄眼地做着各种滑稽的表情，把大家都逗乐了。淳一也知道她在表演什么，频频地点着头，伸出一个大姆指说：像！

又上来一道烤蘑菇，香气逼人。朱俐让淳一先尝一口，淳一推辞，朱俐坚持要他尝，淳一没办法了，只好从命。

淳一对路菲说：请你帮我告诉朱俐，我很感谢她。

路菲点点头，对朱俐说：朱俐，人家说谢谢你。

告诉他不必客气，这话日语怎么说？朱俐问。

路菲教她日语：不必客气。

朱俐重复了一遍，然后对淳一说：不必客气。

听到朱俐也说起了日语，淳一显得兴奋极了。

亚娜举起了手中的红酒,高声地建议大家举杯。所有人都举起了手中杯。

亚娜忽然问了一句,我们的第一句祝酒词该说什么呢?

当然是庆贺我们快乐俱乐部正式开张。乔真抹抹嘴角,不紧不慢地说。

亚娜不满地瞟了他一眼。喂,乔真,你不是一直嚷嚷成立孤独俱乐部吗,怎么又改快乐啦?你除了成天挂在嘴上的什么俱乐部之外,还能说点别的什么吗?路菲都回来了,你是不是不敢再说孤独啦?

路菲不愿意了。死丫头,她冲着亚娜嚷嚷了一句,跟我有什么关系,别没事扯上我。

朱俐站起来了,站起举杯:来,我们还是为欢迎路菲回来,还有,我们的这位新朋友,淳一,加入我们这个集体,干杯!

路菲为淳一做着翻译。大家都齐刷刷地站起了身,将手中的杯子高高地举起,齐声欢呼,然后杯觥交错,发出一声响亮的酒杯碰撞声。

天色黑黢黢的,他们刚才又到路菲家疯了一晚,凌晨才散。

一辆"帕萨特"呼啸着从一条狭路上冲了过来,机智地穿梭在城市的马路上,像个精灵似的不断地超越前面的车辆。开车的乔真,像个赛车手似的握紧方向盘,嘴里还不断地发出一声声亢奋的怪叫声。当他发现前方又有一辆挡路的小车被他敏捷地甩掉时,便高兴得大呼小叫。路菲坐在副驾驶座上,身体绷得挺直,她有些紧张了。

乔真,你能慢点儿开吗?路菲说。

放心,我这点儿技术你还不相信?又不是第一次坐我的车,这多刺激!乔真兴奋地说,这才是男人的风格,明白吗?

路菲叹了一口气。亚娜，还是你来说他吧。

你都管不了，我更不行了。亚娜说。

别管他了，朱俐说，越说他越来劲儿。

乔真大笑，汽车开得更加疯狂了。

终于，汽车在一幢居民楼前戛然而止，随即发出一声刺耳的尖叫声。

朱俐与淳一下车。

朱俐将车门关上，向车里的朋友们挥了一下手：拜——

乔真、路菲、亚娜齐声说：晚安！

正在离去，亚娜又喊了一声朱俐，朱俐又转身回来。

死丫头，又有什么事？朱俐问。

亚娜拉开车门下了车，诡秘地看了不远处的淳一一眼：你一定要想办法让他说出自己的故事。

朱俐抿嘴一乐：嗨，我说你又有什么事呢，原来是这个！即便他说了我也听不懂呀。

死心眼，我们不是还有路菲吗？她那个半吊子日语还能……

路菲在车里听见了，探出头来问：喂，你们说我什么呢？

亚娜仍然兴致勃勃地：现在没你什么事，我在跟朱俐说。又对朱俐说，你的任务是和这位淳一交上朋友，别让他那么快走，他信任你了，自然会说的，这个没问题吧？

朱俐道：就你事多，好了，快走吧，路菲也有段时间没看到乔真了，也得给人家多留点时间吧，我们也闹了一天了。

那是，小别胜新婚吗。亚娜说。

朱俐向车里的路菲挤了挤眼，又挥了一下手。

嘀，怎么又说起我来了！路菲抗议道。

朱俐乐了。

淳一在楼下的暗影中看着这边。

亚娜重新上车，汽车快速离去了。

又安静下来了，朱俐向淳一走去。

朱俐拿出家门钥匙，打开门，顺手揿亮了电灯，房间瞬间被照亮了。可是，呈现在眼前的还是一片狼藉，残花败叶撒落一地，还有不规则堆放着的七零八落的啤酒瓶。平时她对此视而不见，屋子也是随着她的心情而呈现出不同的风貌。最近这段显然心情糟透了，她根本不想整理房间。今天可不一样了，因为有一位客人远道而来，这一情景让她突然想起了白天在这间屋里发生的事，她多少有些狼狈。

对不起，朱俐说，我这里实在是太乱了。

淳一看出了她的尴尬：我帮你清扫一下，可以吗？

你说什么？朱俐问，你也说我这里太乱？对，对，太乱。没想到让你看到我这样，我平时不是这样的，你信吗？淳一的目光是困惑的。哦，我知道你不会相信的。朱俐很快想到淳一听不懂她在说什么，又自嘲般地摇摇头，瞧，我都忘了你听不懂我的话。

淳一笑笑：你不必客气，我在家时也常自己整理。

哦，你在一边坐坐，我一会儿就收拾完。你等着，你先坐。朱俐说。

淳一站着没动，朱俐意识到他不懂她说了什么，走到沙发前，拍拍沙发。

这里，明白吗？你坐这里。

淳一明白了，但只是摇头。

你不愿坐？朱俐问：为什么？那好吧，你等一下，我很快就收拾完。

朱俐拿出扫帚，开始扫地。

淳一动了。他上前从朱俐手里准备接过扫帚。朱俐推让。

没关系，没关系，我来吧。淳一说。

这时扫帚已到了淳一的手中，他开始扫地。朱俐看着他，空着手站在一旁又觉得不合适，四处打量了一下，目光落到了吸尘器上，她走了两步，将吸尘器的电源插上，拧开开关。吸尘器发出一声尖锐的噪音，她开始吸地。

两人各司其职，收拾着屋里的残局，他们配合得还不错。

这时门外传来敲门声。两人一开始没听见，继续做着手头的事。敲门声更加响亮了，并伴着怒吼声。他们这才听见，都一愣，停下了手中的活儿，侧耳聆听。朱俐有点儿紧张，她不知道什么人半夜敲门，赶紧关了吸尘器，伸出食指竖在嘴上，示意淳一不要出声。

门还在拼命敲着，简直是在砸门了。淳一指指门，示意有人，要不要开门？朱俐拼命向他摇头。

门外传来粗门大嗓的声音：嘿，都几点了，还这么吵，还让不让人睡了，能自觉点儿吗？

淳一脸上满是问号。朱俐这时已明白是邻居在怒声抗议了，反而松了一口气，她原以为又是那些她不想见的男人来骚扰她呢。她笑笑，凑近淳一轻声地说：

没事，是邻居，嫌我们太吵。

淳一：找你？

朱俐指指吸尘器，又指了指外面的黑夜。

淳一还是不明白，他误以为来人要找吸尘器，因为朱俐刚才手指的是吸尘器。

朱俐知道他误会了，做出一个轻手轻脚的扫地动作：明白了？

淳一明白了。像孩子般地乐了，眉梢上挑，做了一个不好意思的动作，那一刻两人竟有些默契。

敲门声停止了。两人都在看着对方，突然有些不好意思，避开了彼此的目光。淳一又开始轻手轻脚地扫地，朱俐则走向一边，开始清理屋里的杂物，将酒瓶一个个地搬到厨房里，又拿来抹布擦桌子，扫完地的淳一也过来帮她忙。她的房间里，到处堆满了乱七八糟的杂物及书，一看就是一个生活过于散漫的人。

现在井然有序了。从朱俐的眼睛看去，就像置身在一个陌生的环境中。她好像好久好久没在这样清静的环境中待过了，看着，竟让她徒生出许多感慨。

谢谢你！朱俐由衷地说。

淳一慌忙鞠躬：你辛苦了！

朱俐不高兴了，瞪着眼：喂，淳一，你为什么总是这么客气？我们现在不是朋友吗？

淳一没听懂，以为朱俐不高兴了。他茫然无措地瞪大了眼睛，眼睛里面含着大大的问号。

朱俐知道淳一没明白自己在说什么：我在说，你不必这样客气，没必要。

朱俐"不必客气"是用日语表述的。

淳一激动地惊叫：你说的是日语？

朱俐这才反应过来她刚才下意识地说了一句从路菲那学会的日语，她笑了。她的微笑让淳一感到兴奋，他很高兴眼前的这位女孩儿能用自己的语言表达他能听懂的意思。

你总算明白我在说什么了？我们真不该客气，现在我们是朋友了，对吗？朱俐温柔地说。

淳一傻乐。

朱俐心里忽悠一下，热了，觉得眼前的这个日本男生真是可爱，但又像是害怕自己的目光会泄露心底的秘密似的，脸上又恢复了平静。

他们无事可做了。

淳一这时才想起了什么，目光在寻找，终于看到了他的那个巨大的旅行包，被朱俐置放在了屋里的一隅，正静静地靠在墙角上。他向它走去，将大包背上双肩，转身向朱俐客气地笑笑，然后再隆重的一鞠躬。

给您添麻烦了！淳一说。

朱俐一直看着他，没动，眉心紧蹙，不高兴地说：不是说好了不客气吗？你要走？

小白让你辛苦了！

朱俐彻底急了，上前一把要将他的旅行包扯下。淳一不知她是什么意思，想闪开可没来得及，张皇失措地站着，脸上是一片茫然。

朱俐一边卸包，一边唠叨着：这么晚了，你想去哪儿？

淳一还在纳闷，不知所以然地看着她。他现在有些怕朱俐，因为他看出朱俐在生气。虽然他还不能明白他为什么生气，但直觉告诉他，这个"气"与他现在的行为有关系。

朱俐知道说什么都是徒劳的，她将卸下的大包重新放回刚才的位置上，坚定地指了指这个小屋，然后双手合十，歪着脖子，将合十的双手垫在脸颊上，做出了一个睡觉的姿势。

她做出的这一姿势倒是将淳一吓了一跳。他想起了白天这里发生的情景——那么多陌生的男人在这间屋里吵吵嚷嚷，地上还有许多新鲜的残花败叶，脚下滚着空酒瓶，朱俐蓬头垢面的。他搞不清楚究竟发生了什么状况。当时他是想马上离开的，这混乱的情景让他一时进退维谷，举棋不定。他只是来取他的信鸽小白的，雅子的失踪让他疯狂地找了好长时间，可是一无所获，谁也不知道雅子究竟去了什么地方。

你知道她究竟去哪儿了吗？

所有认识她的人都摇头，纳闷地看着焦急的他。

不知道呀，她们说，雅子？对，好长时间没见她了，你们发生了什么？为什么她会不辞而别？

别人也是好奇，结果他的追问变成了烦心的解释。他当时就明白了，雅子是自己做出了一个出人意料的决定，他相信终究有一天她会告诉他之所以做出这一决定的缘由的，因为他了解她。她不会就这样无声无息地消失，而且这个消息也一准是由在他们中间传递信息的鸽子"小白"来充当信使。

可是几个月过去了，还是杳无音讯。他都快绝望了。就在这时，他意外地接到了一封来自中国上海的信，他预感到了什么，可是为什么不是"小白"出现呢？他颤抖地展开信。

预感被证实了，确实"小白"出事了，雅子是在离开中国前发出了这封信，随后她就像风一般地消失了，无影无踪。

他来到了中国，满怀忧伤和思念，他不知道雅子现在又在何方！他了解雅子的性格，一旦做出了决定是无法改变的，任何人都无法改变她。

那天他按照朱俐信中提供的地址一路找来，还算顺利。当他站在朱俐家的门前时，心里还在暗暗祷告，觉得总算苍天不负有心人，还是让他找到了。他从来没有来过中国,虽然,中国上海是当年他和雅子说好了要一块去旅行的地方,甚至是他们计划中蜜月旅行的首选目的地。他们通过许多介绍上海的书籍了解了这座现代化的摩登城市,他们都知道这几年中国变化太大了,甚至他们喜欢上了这一个在很久以前,对,应该说是上个世纪的"东方小巴黎"。这座城市曾经诞生过许多传奇般的故事,这让他们着迷。

可是每每说到要出发时,他都因意外的安排而耽搁了。于是,这一计划也一再被他的工作所扰乱、搁置。雅子失踪后他想象了她所有的可能去的方向,就是没能想到她会选择一个人来到上海。我这是怎么了?他自问,为什么自己这么笨就没想到呢?直到那天收到来自中国上海的信时才恍然大悟,于是他也明白了雅子的那一片苦心。他知道他对不起雅子。

那天他站在朱俐的门口,深吸了一气,轻敲了一下门,然后站到一边,忐忑不安地等待着主人开门。

一直没人来开门,可能是因为里面太吵了。他听见里面有人在大声地嚷嚷,他觉得自己来得不巧,本想当即离去,但又觉得既然来了,就拿上他的"小白"再走,反正也麻烦不了别人多少时间。他想速来速去,他现在没有心思在这座城市多做停留,因为会让他有太多的伤感和怀念,他知道自己的内心是脆弱的。

没有人听见他的敲门声。他不知道接下来会发生什么故事,以他的想象,他拿上"小白",请主人吃一顿饭,他就该离开上海了。不对,也许他还要沿着当年和雅子商量好的路线,观赏一遍上海,他知道,雅子一个人一定走过了这些街道和风景区。他们本来可以一道来的,一道游逛上海,那将会是多么快乐!可是这成了一段只能在回味中重温的往事了。

他怎么也不可能想到,那天,当朱俐家的大门突然打开,他看到是那样一幅情景。他当时就慌了,很想拿上"小白"抬脚走人,可是又没法进行必要的语言交流,只好硬着头皮硬等。结果,一等就成了现在的尴尬处境。虽然他信任眼前的这个女孩儿,但仍然心存芥蒂。

淳一脸红了,慌乱地摆了摆手,表示自己不能住下,因为他们是孤男寡女,不方便。他还一个劲儿地指着门,又指指天,说明自己现在该走了。

看到淳一紧张成这样,朱俐乐了,她觉得这位日本男人真像是一个爱害羞的没长大的大男孩,心里稍稍地动了一下。她没再说什么,而是冷静地环顾了一下自己的小屋,有了主意。

她从储藏柜里拿出一件大大的布帘,向淳一展示了一下。淳一不明白地看着。朱俐没管他的反应,而是自顾自地将布帘挂在了屋里的一角,沙发霎时隐没在了布帘之中。她钻了进去,一会儿又出现了。她走到淳一面前,俏皮地瞥了他一眼,有一丝诡秘,然后推着他来到布帘前,站定,看着他,让他闭上眼,然后背过身将布帘一把拉开——

她接着拨拉着淳一的眼皮,让他睁开。

沙发不见了,现在呈现在眼前的是一张小单人床。原来那个沙发展开后是一张沙发床。淳一眼睛瞪大了,脸上掠过一丝腼腆。他仍在犹豫。

朱俐坚定地将他推入布帘内,脸上则是不容置疑的表情。

这就是你睡的地方,没我的允许,不许你离开,听到了吗?朱俐故作严肃地说。

朱俐的样子有些吓人,淳一惶惑地先是点头,很快又明白过来,急忙摇头。

你摇什么头？我是主人，我救了你的鸽子，你必须听我的。朱俐有些急了。

朱俐又从衣柜中取出被褥，放在沙发上，示威似的看定淳一：就睡这儿！她腰一叉：不能走。

说完，果断闪出，将布帘一把拉上。站立了一会儿，她在想如果淳一再抗拒她的建议，该采取什么措施？见里面没动静了，鸦雀无声，她抿嘴偷偷一乐，有了一丝小得意。然后大摇大摆地回到自己的床边，坐下。

她发现自己现在的心情不错。白天被那些乱七八糟的事情搞乱的心情又恢复了平静，好久没有这种平静的感觉了，她想。

她关上了灯。

黑暗中的淳一还坐在床上，木讷地待着，脸上莫名地出现了一丝忧郁。他从上衣口袋里掏出一个钱包，从里面小心地抽出一张照片，借着朦胧的灯光凝神看着——

那是一张年轻女孩儿的脸，欢快而又幸福，嘴角还挂着可爱的带着一丝稚气的小酒窝。在她的旁边，是一脸微笑的淳一，与现在沉思中的他有所不同的是，表情中还藏着一丝孩子似的羞涩和腼腆。毋庸置疑，照片里的女孩儿就是淳一的女朋友雅子。

朱俐盯着布帘看了一会儿，静悄悄地，放心了。她关上了电灯，屋里暗了下来。她合衣躺在了床上，望着黑色的天幕，像是在想着什么心思。

淳一也合衣躺下了。他知道自己无法和这屋里的主人抗衡，她太强大了。客随主便，随遇而安。可是，他对这位看起来不好对付的主人却充满了感激。如果没有她,他不可能知道雅子的消息,"小白"也不可能如同现在这样安然无事。

那张照片放在他的胸前了,他也瞪着双眼望着黑色的天幕,目光在微弱的月光下闪烁着。

皎洁的月光穿行在云隙间,映照着这间小屋,无声无息。

晨曦,朱俐还歪躺在床上。她睡得太沉了,因为她度过了过于疲惫的一天。初露的阳光宛如倾泻而出的清水一般挥洒在这间小屋里,明晃晃的。她像是被什么动静给惊醒了,猛地翻身爬起,揉了揉惺忪的睡眼,呆坐在床沿上。她还没有彻底的从睡梦中醒转过来。

传来"咕咕咕"的鸽子声,她神情一凛,这才想起昨天发生的事,她向窗台看去——

淳一显然早就起来了,他正蹲在窗台下悉心地喂着受伤的鸽子。他在疼爱地喂它喝水。清晨的阳光照亮了他的脸部轮廓,勾勒出一个清晰的骨骼鲜明的剪影。从侧面看去,朱俐发现他长相很酷,脸上线条如同刀削一般坚硬。这时他神情是那样的专注,眼神一眨不眨地看着他心爱的鸽子,似有一丝怜悯,又有一丝欣赏。偶尔,脸上还会闪现出一点点欣悦的微笑。在阳光的照射下,这笑愈显灿烂。

朱俐站起身,又看了一眼淳一昨晚睡过的地方——整洁有序,沙发又恢复了原样,被褥有棱有角,整齐地叠好放在沙发的一角,布帘也已拉到了一边。我真是睡死了,怎么会一丁点儿都没听到?朱俐自问。

她向他走去。

早上好!朱俐说。

淳一抬起脸,看到了向他走来的朱俐。她是迎着阳光向他走来的,她松软的乌黑的发丝瀑布般地披散在肩胛上，虽然没有化妆，但她略带惺忪的还没有完全清醒的模样有一种特别的韵味。他很男孩儿地笑笑：哦，我可能惊醒你了，对不起。淳一不好意思地说。

朱俐蹲下了身，看着淳一喂鸽子。她也在一旁帮忙，将鸽子食物放在瓷碗里细细地搅匀，她的动作缓慢、认真。

淳一惊喜地指着她的碗说：你也会喂鸽子？

朱俐没听懂，但淳一和她说话让她很高兴，她大概猜到了他在说什么。

我每天早上都会喂它，她说，这是动物医院的大夫教我的，食物也是在那买的，全是进口的，你瞧——

朱俐举起动物食品袋，指着上面的外文字母。

淳一高兴地说：好，好，这个很好！他伸出了大姆指赞道。

淳一的天真感染了朱俐，她觉得今天的早晨心情真好！她微笑着对淳一客气地摇摇头。

淳一不明白了，眉心微蹙：怎么？这种鸟食是很好的呀，我们也是用它喂"小白"，真的。

朱俐从他的神情上知道淳一把她摇头的意思搞错了，又微笑地点了点头。淳一见她点头，也高兴地点了点头。他放心了。

真的感谢你，没有你，我可能再也见不到我们的"小白"了！

淳一轻轻地抚摸着鸽子翅膀上包扎的伤口。"小白"真可怜。淳一说。

它好多了，我到医院去给它换过几次药了，他们说很快就会痊愈了。朱俐安慰他说。她现在对淳一说话也不管他懂不懂了，她觉得这样聊天也挺有趣，互相猜测，虽然可能回答得南辕北辙，可是也好玩呀，有一种小时候玩"过家家"游戏的感觉。

淳一只是笑,他不知道该说什么了,因为真的没听懂。

朱俐站了起来,倚靠在窗台上。外面阳光明媚,楼下不时地传来孩子们的嬉闹声,她的目光又略显淡淡的迷茫和忧郁。

电话铃响了。朱俐跑过去接听。她拿起了无绳电话,开始满屋子地走着说话。

昨天睡得好吗?电话中传来的是亚娜的声音,她话里有话地问。

还好啦,回来倒头就睡了。朱俐一开始没听出她话里暗藏的意思。

这么快?不会吧!亚娜故意逗朱俐。

朱俐忽然明白了亚娜的意思了,大叫一声:你这个小坏蛋,从你嘴里就没好话。

电话那头传来亚娜开心的大笑:真不禁逗,我说什么了吗?没事你干吗那么敏感?

这话还得问你!朱俐不甘示弱地回了一句。

淳一呢?亚娜问。

朱俐看了淳一一眼——他还在照顾鸽子。她嘴角滑过一丝不易觉察的浅笑:在啊。

那得表扬你,我们还担心你没留住他呢。亚娜又调皮地说。

你们呀,我还不知道你们心里想的是什么?想说就说呗,别绕弯子。朱俐大大方方地说。

我看这个日本男孩儿真挺不错的……有没有点儿什么……亚娜试探地问。

朱俐马上正色回答:经过我的初步鉴定,这位日本男生对我没有任何兴趣,满意了?

不满意。亚娜飞快地接了一句:那你呢?

我怎么啦?

你的感觉呢?

你真坏!朱俐说,我对这位日本男孩没有任何感觉,回答完毕。

那边立刻传来好几个人的笑声,显然,亚娜的电话设置在了免提上。亚娜的笑声最大,而且声音突然近了,门铃响起。原来他们就站在门外。朱俐开门。门一开,大家兴高采烈地拥了进来。

乔真和淳一打着招呼。

早安!路菲用日语对淳一说。

早安!淳一说。

路菲还是用日语对淳一说:昨晚睡得好吗?

淳一笑笑,默认。他还抱着鸽子,现在他将鸽子放回到了原处,站在窗边,看着他们。乔真打开了音响,屋子里热闹了起来。亚娜闹着要喝咖啡,朱俐把披散的头发打了一个旋儿,盘了上去,用夹子夹住,然后站在了咖啡机的边儿上。

亚娜眼神里满是诡秘地问淳一:你昨晚真的睡得还好?

淳一点头,脸上挂着微笑。这是他唯一能保持的表情,因为这里的环境和人对于他仍是陌生的,所以他的笑勉强而尴尬。

亚娜又转脸对乔真与路菲说:你瞧,我刚才说什么来着?他都点头了。

朱俐这时停了手中的活儿,双手在腰上一叉,嘿,亚娜,你又使什么坏?

亚娜赶紧躲在了路菲的身后,逗你,逗你,你别认真好不好?我就知道这位淳一先生听不懂我们的话,我才故意问的。

路菲闪开身子。有本事你别躲呀！亚娜，你的玩笑可有点过分了噢，你看淳一，多老实一个孩子，你真不该这样。路菲责怪地说。

哟，亚娜拉长了声调，你们都跟我较着劲儿呢，我这不是为了制造点气氛吗？

她附在路菲的耳边又悄声说：你不知道，朱俐最近失恋了，我想让她转移思路，高兴一点。

又背着我在说什么悄悄话？说我吧？朱俐盯着亚娜问道。

路菲明白亚娜的意思了。

没说什么，亚娜在深刻检讨自己刚才的过失呢。路菲说，又偷偷地对亚娜挤挤眼。

亚娜来到窗前，双手支颐，看着窗外的鸽子：早晨好。她对鸽子说。鸽子也看着她，眼神比她初次见到它时精神多了，只是身子还不能过于动弹。

它好多了。亚娜高兴地说。

乔真凑过来，看着。它真是我们中间的小天使。乔真说。

还轮得到你来告诉我们吗？亚娜抢白了乔真一句。她做出了一个很不屑的表情，然后转头看着淳一。

这是你和女朋友一起养的吧？亚娜问。

淳一看着她，没说话，她的嬉闹让他有点无所适从。

哦，亚娜说，瞧瞧我，都差点忘了，他不懂我们的话。

朱俐对亚娜说：你别那么闹腾好吗，你就不能安静一会儿？

亚娜冲着朱俐做了一个不高兴的鬼脸，嘟囔道：你倒挺会保护他的。

路菲和朱俐端来了咖啡，朱俐递给淳一一杯。淳一接过，说了声：

谢谢!

亚娜迫不及待地说：路菲，你帮我问问这个日本人，这只鸽子和他究竟有什么故事？

乔真听见亚娜这么问，也兴奋地凑了过来：这倒是一个非常值得认真探讨的问题。

路菲翻译。淳一凝神听着，刚才还在阳光般微笑的面孔，霎时出现一片阴霾，他的脸渐渐地沉了下来。他没说话，看了看大家，见所有人都用一种渴望的眼神看着他，默默地转回身，来到窗前，弯腰捧起了鸽子，又一次深情地将鸽子贴在脸颊上，紧紧地贴着，眼中的忧郁更深了。

它是我和雅子的信使，可是雅子走了……只剩我和"小白"了。淳一低沉地说。

他刚才说什么？亚娜急切地问。

他在说雅子，说她走了，他好像很伤感。路菲说。

朱俐纳闷，用模仿着的日语念出雅子的发音：雅子，这是那个日本女孩儿的名字吗？

路菲：对，用中文说是雅子，我的感觉，这位雅子一定是他的女朋友。

朱俐沉思地点了点头：是他的女朋友，那封信上说了，鸽子就是她放飞的。

还有那首五轮真弓的歌。亚娜补充道。

他好忧郁。乔真说。

他们之间一定有一个动人的故事。朱俐说。

三个人目光聚集在了一起，不约而同地点了点头。

路菲，你问问他，雅子现在在哪儿？朱俐说。

路菲轻声地问淳一。

淳一还蹲在地上，手里捧着鸽子，没抬头。不知道，他说，她肯定去了很远很远我不知道的地方，我们本来约定要一起来上海的。

路菲又向众人翻译。

众人聚精会神地听着，这是一个还没有连贯起来的故事，似乎主线不是很清晰，却充满了让她们好奇的悬念。

朱俐眼睛一亮，仿佛有了重大发现似的喊了一声：呵，这个叫雅子的女孩儿会不会还在上海呢？

亚娜欢快地拍手也叫了一声：有道理，我们可以帮淳一在上海找找她！

亚娜的倡议让众人开始激动，跃跃欲试。

路菲仍在翻译。

淳一站了起来，目光迷茫地看着众人：她走了，我了解她，她在用我们的"小白"作最后的告别，我谢谢你们的好心！

刚才激扬出的兴奋，现在笼罩在了一片静默之中。或许是淳一的忧伤让她们沉默了？大家一时不知该说什么了，

嗨，我建议，朱俐说：不能让淳一这么快离开我们，我们现在有一个新的任务，让淳一快乐，怎么样？

众人表示同意。

朱俐对路菲说：我的建议不必翻译给淳一听了，你就说反正他这几天也没事，我也不放心让受伤的鸽子这么快离去，让他跟我们在一块玩几天。他不是还没来过上海吗？我陪他逛逛。

亚娜拍手道：好主意，鸽子是留下他最好的理由，就这么定了。

95

我们晚上再安排一个派对,邀请他参加。朱俐说。

路菲用日语告诉淳一:今晚我们有个派对,你能参加我们将会很高兴。

什么?淳一没听明白。

他不会连派对也不懂吧,他又不是天外来客。亚娜说。

路菲打断她,继续对淳一说:派对,是我们几个单身朋友的派对,我们非常诚挚地邀请你也一起参加。

朱俐见淳一仍在犹豫,起身鞠躬:请参加吧。又转为日语:不必客气。

乔真过来扶着淳一的肩膀,用英语对淳一说:现在你不也是单身吗?

淳一点头。

乔真拍拍淳一的肩膀:那么欢迎你加入我们的单身俱乐部。

乔真,怎么你又改名称啦?亚娜大叫。

朱俐一直在悄悄地观察着淳一。

8. 疯狂的都市之夜

夜深了，霓虹灯奇幻般地闪烁着，恍如世外的仙境。一切都不像是真实的，灯光、人影，还有喧哗嘈杂的各种声音……陆陆续续出现了许多欢乐的夜行人，他们朝着舞厅走去，男男女女，三五成群。他们大多很年轻，身着的服饰也十分光鲜夺目、争奇斗妍，还有许许多多奇形怪状的发型浮游在人群之上，像是一群亢奋的怪物。

沿着迷幻的镭射灯光照耀出的反光的玻璃路面径直往里走，充满刺激的劲暴音响越来越强烈，"咚咚咚"的由巨大的音箱传出的重低音，淹没了一切杂音。

朱俐一行跟随着一位窈窕的身上闪着金属光泽的服务生向前走去。服务生在引路。她穿着白色的超短裙，红色的高跟鞋，走起路来臀部上下扭动，充满了一种不经意间流泻出的挑逗，多少带了点儿色情意味。

她们开始逐渐深入到了舞厅的内部，那里出现了一个巨大宽敞的舞池。镭射灯在变幻着各种不同的颜色，旋转着各种角度投射出一道道耀眼的光束。偶尔，舞池底部还会喷射出一股湿润的雾气，弥漫在混浊的空气中。

音乐声更加强烈了，仿佛整个脚下的大地在颤抖、颠簸，起起伏伏。舞池中的光线幽暗，只能借着镭射的光束看清周围的环境和人。人的面影在这种光效下显得有些奇异，都变了形，脸上的颜色也十分怪异，略显狰狞。

真像是行走在一个神奇的世界中，朱俐想。音乐能够让人忘却现实中的烦恼和郁闷，这或许就是我们这代人需要它的原因？朱俐一边走，一边不由自主地想着。

舞池的四周则用金属栏杆围起另一片天地。那里被许多卡座包围着,已经有许多人在那儿坐着了。

舞池里人头攒动,朱俐的目光偶尔扫过,见吧台旁有一个男人已经微醺,伸出双手在大声地嚷嚷着。旁边有人拽住他,可能是怕他过于发疯惹出事来。也有三三两两的女子倚在一个角落抽着烟,冷冷地打量着来人,尤其是盯着单身的男人,一副高傲的神情。偶尔,还会仿佛不经意地抛去几个勾人的媚眼,这足以说明她们的目的和身份。

不停有侍者手擎着高脚玻璃酒杯鱼贯而入,遇见客人时会露出一个非常职业的微笑,并侧身让开路,然后来到卡座前,为客人们掺酒。

人确实太多了。朱俐一行穿过嘈杂的人群,艰难地行进着。她的那个很酷的发型的确别具一格,显得干练利落。她上穿一件白色带有男款设计的衬衫,猩红色的领带在白色衬衫的衬托下显得格外醒目;西裤也是纯白的,刚好包裹住她性感的长腿,她身后是戴着金色假发的亚娜,性感的紧身白色超短裙裹着她细长的小身段;乔真还是他那种标志性的中性打扮,一身"瓦萨奇"的服饰,衣服上还闪着一些金属的亮点;再旁边就是路菲了,她今天走的是小鸟依人的可爱路线,黑色的迷你裙,足蹬一双黑亮的高跟皮鞋,银白色长袜,看上去很是扎眼,真和日常生活中的她判然有别。

走在最后的是淳一,看得出来他有些时候没有到这样的地方来玩过了,显得有些不知所措。他紧紧跟着朱俐一行,似乎生怕一不留神会走丢了似的。朱俐不时回头看看他,他见了,只是一笑,笑得很勉强。

他们一行人所经之处惹来不少注目的目光,先看看几个女孩儿,然后再看看她们身边的男人,羡慕和妒嫉的目光将他们一直护送到吧台旁的一排高脚桌台上。

这是一个位置极好的卡座,因为较旁边的位置高出一截,里面有沙发,边缘却是转椅。他们一到,服务生便过来撤掉了刚才一直放在桌上的占位牌。乔真点了酒,亚娜则迅速地拿出烟盒,点上了一支,狠狠地吸了一口。

亚娜将烟盒递给乔真:爽!来一支?

乔真抽出了一支,递给身旁的路菲,路菲又传给朱俐,朱俐摆摆手,又转给淳一,淳一急忙摆手婉拒。

烟盒又回到亚娜这里,她和着音乐轻轻摇晃着脑袋,四下张望着。

这是家新开的舞厅,我们公司下个月准备在这里帮一个品牌做活动。乔真不无炫耀地说。

路菲探身对淳一说:这里是新开张的。

淳一点头:哦。

还不错。朱俐赞叹道。

帅哥超多呵!亚娜的眼神进来后就一直没闲着,四处打量。

花痴!乔真乜视了她一眼,来了一句。

亚娜不高兴地站起身来:花痴又怎么啦?又没花你。

说着,亚娜向舞池走去。喂,别都坐着呀,蹦蹦去!

没人响应。亚娜觉得无趣,只好一个人去了舞池。

朱俐看着亚娜的背影,微微地笑了笑,又看了一眼淳一,见他木讷地待着。

路菲,你多跟淳一说说话,省得他一人待着寂寞。朱俐说。

路菲大声地答应着。

确实太闹了。朱俐的眼神开始漫不经心地环顾四周,忽然感到了什么,脊背有些发烫。她回首望去,注意到斜后方有人在注视她,但她仿佛没有任何察觉,又转回头来,从桌上取过亚娜的烟盒,优雅地抽出一支,燃上,慵懒地吸了一口,又轻轻地吐出。烟雾袅袅升起。

淳一有意无意地开始观察朱俐,他确实觉得自己在这种地方无事可做,有些百无聊赖。

服务生端来酒水,乔真和路菲准备去舞池,刚站起,亚娜拉着鲁健走了过来。

看我碰见谁啦?亚娜说。

鲁健!乔真意外地喊了一声,他没想到鲁健会出现在这里。

哟,鲁健!你怎么也来了?朱俐高兴地说。

鲁健向所有人客气地一一点头,指指台上的DJ:我过来帮他们一忙。

鲁健看到了淳一,想起那天在朱俐家见过,挥手做打招呼状,用日语大声对淳一说:你好!

淳一以为他也会日语,很高兴,连续地说了几句日语,这人他是见过的。

鲁健抱歉地连忙摆手:哦,对不起,我只学会了这一句。嗨,你瞧我说这些你也不懂呀。他又问朱俐:他这是……

朱俐笑:你呀,忘了?他不就是那个鸽子的男主人吗!

哦!鲁健恍然大悟:对不起。伸出一只手在脑门上示意了一个美式的军礼,再次向淳一"致敬"。

淳一莫名其妙地看着他,不知他是什么意思。

路菲看着淳一乐了,附在他耳边给他解释。淳一明白了,挺直了身子,也向鲁健做了一个相同的敬礼姿势。

大家都被淳一的可爱逗乐了。

你们这是在演戏呢！乔真调皮地说。

路菲给鲁健倒了一杯酒，递给他。

路菲建议举杯。

为了单身吗？乔真装傻充愣地问。

找死吧你，亚娜说。路菲在你身边也敢说单身？路菲非打得你满地爬不可！路菲，好好治治他！

路菲只能捂着嘴乐，乔真将脑袋伸过来：你打。路菲躲闪开来，笑得更凶了。

好啦好啦，你们就别闹了好吧？要闹回家闹去，来，我们干杯！朱俐说。

碰杯前大家不想再说点儿什么吗？鲁健微笑着问。

哦，也是啊。亚娜说。

那为我们大家的快乐生活干杯。路菲说。

大家异口同声地重复了一句。

朱俐看了淳一一眼，又转出一个念头说：我建议，为了"天使"早日康复，也为了淳一的幸福，干杯！

大家发出一声欢呼，淳一还没明白，路菲向他翻译，他激动地瞪大了眼睛，向众人鞠躬，然后率先举起了手中的杯子。

亚娜一口干掉，朱俐拿着杯子想了想，上前一步，走到淳一面前，举起杯子，目光炯炯地看着他。淳一感激地也举起了杯子，她们轻碰了一下酒杯，一口喝干，大家在为她们鼓掌欢呼。朱俐有些激动了，她想起了自己的处境。

乔真和路菲玩了一个花活儿，两人两臂相交，缠绕了一圈，将酒杯送到对方的嘴边，乔真还对众人俏皮地丢了一个眼风，然后一饮而尽。

音乐曲目换成了老上海的情歌，款款的小夜曲悠扬地在舞池中荡漾着。亚娜带头站在卡座里跳起了舞，她把朱俐拉了起来，两人跳起了贴面舞，朱俐趁机扫视了一眼斜后方的位置。

那里坐着的是史大可，他在默默地抽着香烟，聚精会神地盯着这边看，见朱俐投来的目光，优雅地微微笑一下，潇洒地挥了一下手。朱俐回应了一个礼节性的微笑，很快转过头来。

见熟人了？亚娜悄声问。

朱俐点点头。

亚娜也向史大可的方向看了一眼，会意地笑了一下。哦，是他呀！

别看了。朱俐嗔怪道。

乔真也拽上路菲，起身跳了起来。

鲁健对乔真说，我过去看一眼！说完，向调音台走去。

路菲对淳一示意起来一起跳，淳一谢过，摆了摆手，笑容中带着歉意。

亚娜附在朱俐耳边小声说：他好像不太爱玩哟？

朱俐向淳一看去。淳一目光没有焦点地看着前方，心事重重。

他心里有伤。朱俐说。

乔真向朱俐这边移动过来：哎，朱俐，那边有人一直在看着你呢，我怎么瞅着眼熟？

亚娜听见了，嗨，不就是那天在星巴克咖啡见过的那位吗？我们朱俐狂热的追求者。哎，这人到底是谁？

别再看了，省得这种人自我感觉良好。朱俐说：一个广告公司的老板，请我做过几个广告文案，吃过几次饭，就这样喽。

亚娜还是悄悄地瞄了一眼：哦，钻石王老五，那一定是爱上你了，你瞧他看你的目光都带"色"。

亚娜，瞧你这张嘴就是封不住。朱俐不快地说。

亚娜嘿嘿乐着。

鲁健在远处的DJ台上向他们挥手。

我们下去吧。乔真指着舞池说。

大家响应。正要离开，服务员拿了一瓶昂贵的红酒过来。

您好，这是一位先生送你们的。服务员说。

一位先生送的？谁？亚娜问。

顺着服务员手指的方向，朱俐又一次看到了史大可。朱俐向他点头致意，表示感谢。史大可举起手中的红酒也表示了一下。

服务员为他们斟上红酒，一人一杯，大家又一次举杯。

亚娜笑着，故意说：谢谢朱俐小姐！

路菲大声用日语说着谢谢，干杯之后，朱俐举着酒杯朝那边卡座转过身，微微点了点头。

淳一随着她的目光看到那个男人。

朱俐站起，伸手准备拉上淳一。淳一拼命摆手，表示自己不想跳，朱俐坚定地将他拽起，拉着他的手走进舞池。淳一像一个木头人似的只好跟着走。

朱俐、淳一走在前面，亚娜、乔真、路菲则跟着挤进舞池。五人自然分成两组，但也时而聚在一起。鲁健过来了，他笑着搂了一下亚娜，亚娜则快乐地回应他，看得出来，他们现在彼此间有了那么点儿说不来的小暧昧了。

朱俐还在拉着淳一往人群中挤。人太多了，脸贴脸的，都靠得很近,都是一张张狂欢的面孔,在镭射灯的光影下显得十分怪异。

只有淳一的表情是疏离落寞的。

她们终于找到一块可以容下两个人的空间,朱俐回身,开始扭动起了身子,并向淳一示意。淳一呆立了一会儿,看着朱俐,他闭上了眼睛。朱俐以为他仍在抗拒来到了舞池,心里多少有些过意不去。就在这时,淳一突然睁开了眼,目光像剑一般地闪烁出一道光,就像是换了一个人似的,这让朱俐着实吃了一惊。从她见到淳一的那一刻起,她还真没有见过这种表情的淳一。

是什么表情呢?有一种凛然而至的威风,目光含有一种罕见的冷峻。他骤然扎了一个姿势,停留了一瞬间,开始极度疯狂地跳了起来。音乐的旋律仿佛也受到了刺激和鼓舞,变得高亢激昂起来。

他扭动得帅极了,看得朱俐有些犯傻。在她的印象中,淳一一向是木讷的,甚至有些呆笨,可现在的他疾风暴雨般的舞姿让她目瞪口呆。这里的气氛开始变得更加热烈,所有人都在疯了一般地欢呼,将手臂高高地举起,就像是一片被狂风摇动着的黑压压的森林。

淳一一边狂舞,一边高声地嘶喊着什么,融入在狂热的音乐声中。

朱俐听不清楚,即便听清了也不懂。

乔真、亚娜、路菲及鲁健也挤了过来,他们围成了一个小圈儿,集体为淳一鼓掌助威。又有更多陌生的人加入,也跟着一起高声呐喊、鼓掌,然后手拉着手,形成了一个更大的圆圈,一边欢呼,一边围着圈蹦跳着。

鲁健还插空吹出了一个尖锐的嗯哨,周围又跟着响起了一片热烈的掌声。

可淳一仿佛没听见,他完全沉浸在独自存在的世界中,嘶喊着,像银蛇狂舞般地扭动着,脸上大汗淋漓。

只有朱俐注意到了此时的淳一,他已然泪流满面。

声音就像是蓦然间隐去了,消失了,所有的声音在淳一听来就像被神秘的空气吸走了一般,沸腾的人群也在瞬间消失了,只有他自己一个人,在发泄般地狂跳着。

在淳一的眼中,这里的一切都消失不见了——喧哗的声音、沸腾的人群,熟悉的和陌生的面孔。他的思绪在飞翔,如闪电一般穿越了大海、穿越了崇山峻岭,他觉得他又置身在了日本东京——那个他所熟悉的城市,那是雅子生活过的城市。他们也在一个规模相似的舞池中,也是这么多人,这么多沸腾的欢呼的声音,只是他看不见这些人,只有他自己在快乐地狂跳着。身边是同样快乐的雅子,他们很疯狂忘我地蹦跳着。

一曲终了,人群欢腾了起来。他还是看不见他们,只听见他们的声音。他和雅子紧紧地搂在了一起。他的眼前又清晰地浮现出雅子那双纯净的眼睛。此时,她正迷恋地抬头仰视着淳一。淳一低下头,与雅子对视着,目光在交融中有闪电一般的激情在涌动。他会心地俯身吻着雅子,雅子享受地闭上了眼睛,偎依在淳一的怀里……

人潮如海洋般地波动着,一浪盖过一浪地起起伏伏。

幻觉中的声音遽然消失了,他回到了现实。现实的音乐声再次在他的耳边轰然炸响,淳一又置身在沸腾的人流中了。他蓦然间停住了,仰面朝天深吸了一口大气,朦胧之中,仿佛置身在这个世界之外。乔真和路菲拥到他的身边。音乐旋律也像是接到指令般地缓和了下来。

路菲离开了乔真,拉上淳一又跳了起来。

朱俐一直在人群中默默地看着淳一,她知道淳一在为一个他所深爱的女孩儿发疯,不免有些黯然,更加感到了自己的孤独。

史大可这时正穿过一道道拥挤的人流,向她靠拢,逐渐移到了朱俐的身后。朱俐还沉浸在自己的思绪中,没有察觉。

我能陪你跳会儿吗?史大可微笑着对朱俐说。

朱俐恍了一下神,回头,这才注意到史大可站在自己身后,嘴角掠过一丝浅笑。她现在感到了内心的寂寞,她甚至在莫名地嫉妒与淳一跳在一起的路菲。只有她是孤身一人站在舞池里,史大可的及时出现给了她一点儿安慰。

史大可伸手将朱俐的腰搂住。朱俐稍稍地迟疑了一下,没有拒绝。

她动了。他们跳起了双人舞。

亚娜与鲁健正跳着,看到了出现在朱俐身边的男人,一撇嘴:哼,他准死定了。

谁?你说谁死定了?鲁健一时还没反应过来。

亚娜的脑袋往上一扬,下颌指向朱俐和史大可:当然不会是我们的可怜的朱俐。

乔真也在亚娜的身边,他做出了一副悲天悯人的表情:哦!看来我们可以提前为他默哀了。

亚娜大笑不止:乔真,你真够坏的!

是吗?我坏吗?乔真故意问鲁健。

鲁健笑了:还行,没那么坏。

别笑,我可是认真的。乔真一本正经地说。

淳一与路菲一起进入了柔曼悠扬的慢舞。他向朱俐的方向看了一眼。

那位一定是朱俐的追求者。路菲漫不经心地说。

哦？淳一又看了朱俐一眼。

朱俐有很多追求者。路菲又说，但她都看不上。她意味深长地瞥了淳一一眼。

哦，淳一似乎没有反应。

朱俐眼角的余光注意到了淳一的注视，她更加亲热地与史大可跳了起来，仿佛在向淳一示威。其实她的神情是恍惚的。

舞池的狂热还在延续着。快到十二点了，史大可抬起手腕看了看表，朱俐不解地看了看他，心中略有些不快。她以为这个男人还有其他的事在等着呢，这让她的自尊心受到伤害。她似乎被男人们宠坏了，她不允许一个男人在她面前心里还在惦记着其他的事情，当然，这也只能是她还在乎的男人。

我在乎他吗？朱俐想。

她自己都觉得今天有些怪诞。是因为她在乎史大可这个人吗？似乎不是，她根本不在乎他怎么看她，不在乎他的追求。那为什么他的一个小小的动作会让自己感到不快呢？

史大可注意到了她的反应，对她做出了一个奇怪的表情，似乎里面隐藏着什么不可告知的秘密。

这时，音乐突然转换了。先是一个短暂的前奏，接着，一支舒缓而优美的爱情旋律升腾而起，在大舞厅里静静地回荡着。这是一支大家似乎非常熟悉的曲子，刚才还在发疯的人群也仿佛在这一瞬间受到了催眠，不约而同地安静了下来，神情中浮现出一丝肃穆。

大家在等待。

就在这时，音乐声忽然降低了，响起了调音师通过高音喇叭传出的声音:这是史大可先生专门献给朱俐小姐的一支旋律,祝她幸福快乐!

音乐再次大声响起,由激烈转为缓慢。有人在尖声呐喊,有人吹起了口哨,一片沸腾的欢呼声。朱俐被这支优美的旋律感染了,她看着史大可,目光流露出一丝连自己都没有察觉到的柔情。她没有想到史大可这么用心,会为她做出这样的安排,在这样一个内心寂寞的夜晚。刚才显然是错怪他了,她真的感动了。

为你!史大可低头望着她,深情地说。

朱俐突然感到有些累了,轻轻地说了声:谢谢!

众人随着这支舒缓的旋律开始进入了交际舞,史大可将朱俐搂得更紧了一些。朱俐没有反抗,依顺地将脸靠在了史大可的胸前。

路菲在向淳一耳语着什么,淳一又一次地向朱俐所在的方向看去。

舞池里开始喷出火焰,忽明忽暗,映照出朱俐、史大可二人的悠然曼舞。周边的人在为他们欢呼祝贺,朱俐激动地抱住了他。那一刻,她有些陶醉了。

随着火焰的熄灭,全场又传来一片尖叫声。

也不知过了多长时间,朱俐发现史大可在有意识地贴着她的脸。她一开始没怎么太在意,可史大可在短暂地试探了下之后,见朱俐没有反抗,更加放肆了,他在朱俐的脸上轻轻地印上了一个吻。

此时的朱俐一直沉溺在自我的幻觉中,史大可的亲昵,让她陡然间意识到了什么。她从幻觉中醒了过来,把头往边上偏移了一点,史大可看着她的眼神有些淫荡,她感到了不舒服。

对不起,我得离开一下。朱俐客气地说。

没等史大可做出反应,朱俐便离开了他,一个人向卫生间走去。她觉得自己的大脑有些晕眩。其实也没喝多少酒呀？她自问。

从卫生间出来,她没有立即进入舞池,而是靠在玻璃装饰的墙角上,点燃了一支烟。她眯着眼睛深吸了一口,看着仍在发狂的人流,多少有些恍如隔世的感觉。

她感觉到身边又多了一人,她没转脸看,她现在只想一个人静静地待着,没人来打扰。

这时她发现这位忽然冒出的人轻搂住了她的腰身,在贴近她。她不舒服了。

她知道这是史大可,他身上发出的香水味已说明了他的存在。这香水味,在与她共舞时她就闻到了。她对香水有一种特殊的敏感,当时觉得挺有感觉的,有一种让她心动的味道。可是现在好像时过境迁了,好感骤然间离她远去。

史大可在吻她的头发,她能感觉到他的整个脸部深埋在她的头发中,她开始反感了。

她离开了他,也没打声招呼,就迅速地抛开他离去。她快步地走进舞池,不管不顾地拉上淳一。她听到路菲发出的疑问：你要去哪儿？她没回答,只是拉着还在纳闷中的淳一疾速离开了这里。

9. 寂静的夜晚

喧嚣了一天的城市此刻进入了寂静,路上空荡荡的没有几个人,偶尔有几辆汽车从马路上快速地划过。

朱俐拉着淳一在街上快跑着,淳一也只能稀里糊涂地跟着她跑。他们在一个街角停下了,那里有一家"可的"24小时超市。

等等我。朱俐对淳一说。

淳一不明所以地点点头,他不知道朱俐到底要做什么,只能傻站着,看着她匆匆地进了小店。

朱俐进了超市,顺手拿了两瓶罐装啤饮料,在收银台付完钱,出来,看见淳一傻不愣登地站在路边的围栏旁等着她。她心里有些过意不去,她走过去,递给淳一一听啤酒。

淳一木讷地接讨,点点头,用日语说了声:谢谢!

是谢——谢。朱俐教他中文发音。

哦,谢——谢?淳一艰难地发音,跟着学了一次。

朱俐突然自言自语地学着淳一的日语说了一声:谢谢!

哦!淳一快乐地指着朱俐,也用日语熟练地说了声:谢谢。

两人相视而笑,打开饮料,碰了一下,靠在围栏边上,慢慢地喝着,一副很惬意的样子。

今晚你高兴吗?朱俐没话找话地问。

淳一拿着啤酒僵住了,哦……他没听懂,眸子里是问号。

朱俐无奈地看着他,想了想。

哦,这样——

朱俐就在空荡荡的大马路上做了几个跳舞的姿势，扭了一下腰身，又挤出一个笑脸。

高兴？

淳一似乎懂了，笑着点点头。但朱俐还是在他的目光中捕捉到了一丝忧郁。

你并不快乐，我知道。朱俐黯然地说。

你在说什么？淳一问。

其实我也不快乐。你知道吗，看着你和别人在一起跳舞时，心里不知为什么不舒服。哦，我知道我不对。对不起，也许，也许，我真的需要一次新的恋爱了。朱俐自言自语地说。沉默了一会儿，她又说：我很寂寞！

发现朱俐神情不对，淳一不知所措，以为自己做错了什么事，很想向朱俐表示道歉，可又不知怎么说，像个大孩子似的张大着嘴看着朱俐。

朱俐见他这副样子，忽然笑了：哦，没什么，我知道你心里有一个女孩子。我很羡慕她，因为她有爱呀！可是你们之间发生了什么呢？我很想知道。

淳一的神情告诉她，他还在猜测朱俐在说什么。

淳一，朱俐用日语叫了一声他的名字。

淳一浑身一震，高兴地指着朱俐：哦，淳一？呵，你会日语了？

朱俐重复一遍：淳一。她点点头，又转换成中文，是路菲教我的。

朱俐，淳一用中文说。

朱俐指着自己：对，你发音还行，朱俐，是我的名字。

淳一开心地点头：朱俐，我……淳一。

朱俐眼神蓦然间有了些变化,她凝视着淳一,接着,又为自己的突然入神感到有些不好意思。

这时,寂静的马路拐角传来急促的汽车声。朱俐无意中看去,是一辆"保时捷",赶紧上前一步拉起淳一的手:我们快走。

"保时捷"里坐着史大可,他开得不快,一边走着,一边伸头四处探望着。显然,他在寻找突然离去的朱俐。

淳一还没反应过来就被朱俐拽着快步走了,跌跌撞撞地跟着一路小跑起来。他们拐过一个弯,从弄堂中消失了。

终于又回到家了,朱俐熟练地撤亮了电灯,屋子刹时被照得通亮。朱俐大喘了几口气,瞪大眼睛看了淳一一眼,淳一也莫名其妙地看着她。朱俐突然发出一阵狂然大笑,笑得有些歇斯底里。淳一被吓了一大跳。

你不懂了吧?挺好玩,今晚我不想再见别人,但你可别得意,懂吗?朱俐一边笑一边说。

淳一傻乎乎地点点头。

你点什么头,好像你真懂似的。接着,朱俐把淳一撂在一边,自己一屁股坐在了沙发上,还在为刚才的那一幕扬扬得意。

淳一走到鸽子前,蹲下身去看了看它。它挺好,一双可爱的蓝眼睛看着淳一,像是为他的到来而高兴。

淳一抱着鸽子,又走到旅行包前。

朱俐正闭目养神。当她一睁眼,见淳一已经背上旅行包,拘谨地站在了她的面前时,她明白他又决定离开了。

她拉长了脸。

很晚了,你该休息了,一直麻烦你,谢谢!淳一说。

朱俐嗔着脸,也不说话,从淳一怀里抢过鸽子,不管不顾地又放回了原处。

谁让你走了?朱俐突然暴吼了一声。

淳一木然地怔着,朱俐的不快他感觉到了,可是就在刚才她还是很高兴的呀?他心里问。

朱俐示威般地站在他的面前:你又想走?这里我是主人,由我说了算,你明白吗?你以为你是谁?你以为我这里是旅馆吗?想来就来,想走就走?我不想一个人在这个让我发疯的屋子里待着,我必须要有个人陪我,你知道吗?她激动地说着,声调越来越高。

朱俐的反常让淳一始料不及,他不明白究竟发生了什么。

你生气了?对不起,我不知道该怎么做才能让你高兴,我只是不想再麻烦你了。淳一紧张地说。

朱俐恨恨地说:什么?你还要走?告诉你,只要我不同意,你休想走出这个屋子。她站起身,叉着腰,又对着他吼了一声:休想!

淳一吓得一哆嗦,更加糊涂了。

看到淳一惊惶失措的样子,朱俐忽然间觉得自己刚才可能太过分了,稍稍稳定了一下自己的情绪。

对不起,是我不好,我刚才有点儿不对。朱俐说。

朱俐态度的突然转变让淳一措手不及,他反而更加不适应了。这个奇怪的女孩儿忽冷忽热,让他一时摸不清头脑。

朱俐终于明白他根本不知道自己在说什么了,上前一步拉着淳一的手,淳一被动地跟着她来到布帘前。

朱俐指指沙发:你,还睡在这儿,不能走,明白了吗?

淳一惶恐不安地点点头,小心地观察着朱俐的反应。

看到淳一战战兢兢的样子,朱俐乐了,口气缓和了许多:刚才是我不好,这几天遇到的事可能太多,我情绪不好,请原谅我,淳一。

淳一见朱俐笑了,也尴尬地笑笑,可是脸上还是写满了不解,突然听到朱俐嘴里发出他的日文名字,赶紧地"嗨"一声,鞠了一躬。

朱俐长叹了口气:哎,我知道你听不懂我在说什么,可你长了一副与我们一样的脸。我怎么恍惚间觉得你应该懂我的话呢?我真糊涂,如果我们能交流——该多好!

淳一也着急,他很想知道朱俐究竟在说什么。

朱俐来到鸽子前,捧起它,抚摸着它:它的伤还没有彻底好呢,这么多天来都是它在陪伴着我。说真的,我舍不得它走。她温柔地看着鸽子:这些你是不可能明白的。

淳一走过来:小白?小白,它会好的,谢谢你救了它。

你叫它什么,朱俐指指着鸽子,问:叫什么?

什么?你在说小白?

朱俐模仿从淳一嘴中发出的日语发音:小白?

淳一太高兴了:嗨,小白!

朱俐:哦,我也给它起了一个名字,我叫它"天使",天使,你听懂了吗?

淳一皱着眉心,努力地要弄清朱俐的意思,他意识到朱俐现在说的一切,都和他的小白有关。

朱俐指着怀里的鸽子:天使,明白?又改成英语发音:天使。

淳一终于听明白了,有些兴奋:哦,天使,你叫它"天使"?

淳一发出英文"天使"的音。

现在轮到朱俐高兴了:你懂了,淳一,我们终于有了一句我们彼此能懂的语言,不仅仅是我们的名字。

淳一明白她在夸他,腼腆地笑了。

朱俐又想起什么,快步走到书桌前,拉开抽屉,在里面翻找。

淳一纳闷地看着像抽疯一样的朱俐,摇了摇头。刚才艰难的对话让他感到疲倦了。

朱俐找到她要寻找的东西,发出一声惊呼。她让淳一坐到沙发上,自己也大大咧咧地坐下。淳一赶紧往边上挪动了一点,朱俐没有觉察到淳一的这一小动作,只是一门心思将手中的那张纸展开。

是一张上海地图。

朱俐用极快的语速兴奋地对淳一说:这是上海地图,你看,你看,我知道你是第一次来上海,对吧?行,我正好这几天没事,陪你在上海转转?看看我们上海,你也不能白来一趟上海,对吧?

看到地图的淳一,目光开始变得有些异样。一开始朱俐没有在意,她陶醉在自己的设想中,当她说完,抬起头再看淳一时,愣了。

淳一的神情陷入了一种恍惚和惆怅中。

朱俐觉得奇怪,她轻声问:你怎么了,淳一?

淳一没有回答。他起身,走到旅行袋前。朱俐误会了他所要表达的意思,脸色又有些不对了。她以为淳一还要坚持离开,这让她非常失望。

淳一将旅行袋打开,翻找着什么。很快,他从里面拿出一张折叠得很整齐的纸张,又回到朱俐身边坐下。现在轮到朱俐纳闷了,她一时没明白淳一想干什么。

淳一百感交集地抚摸着那张折叠纸,沉默了一会儿,慢慢展开——

是一张地图,一张与朱俐手中的一模一样的上海地图,只是上面印的介绍是日文。朱俐瞳孔张大了,她没有想到淳一拿过来的东西居然是一张上海地图。

朱俐将手中的地图举了举:跟我的一样,上海地图?

淳一没吱声,他用手指着地图上几个不同的位置。朱俐看去,这才发现在那张地图上面有几处位置被红笔圈了起来。

朱俐比照着自己的地图再看,发现那是一些上海著名的游览区域,她明白了。

这是你想去的地方吗?朱俐问。

——雅子曾经跟我说过,有一天我们要一起来上海旅游。我们通过介绍中国的书籍了解了这座城市,我们都喜欢这座城市的浪漫。

——你好像挺了解我们上海,上面标出的位置都是我们上海有名的地方。朱俐说。

淳一自言自语地说:是雅子在地图上画的圈,她说,这是我们一定要去上海看的地方,可是……她现在不在了……我知道雅子为什么一个人来到了上海,她是为了履行当年我们彼此的承诺。

淳一的声音渐渐地低沉了下来,朱俐的心也随着他的情绪起伏着。又沉默了一会儿,淳一感伤地叹了一口气:雅子,为什么不让我与你同行?!

你是在担心一个人去不了这些地方吗?朱俐轻声问。别伤心,明天我就带你去,真的。

朱俐侧过脸来看淳一时,淳一眼中泪光闪烁。

哦,对不起,你一直在说一个人的名字。朱俐勉强用日语发出声:雅子,对吗?朱俐温柔地问。

淳一身子一振,急促地问:雅子?你知道雅子?

朱俐从淳一急切的表情中知道他误会了她所表达的意思,抱歉地摇摇头,心中又有些不忍。她很不愿意在这样一种时刻让淳一失望。

哦,对,你不可能认识雅子,雅子在上海没有朋友。淳一轻轻叹了口气,失望地说。

朱俐能感觉出从淳一嘴里说出的那个陌生的名字——雅子,一定是淳一的那位恋人。同时,她也隐约地猜到了那只鸽子与他们之间的故事。她起身,尽量让自己快乐起来。她很抱歉刚才的坏脾气影响了淳一,她要尽力挽回。

好了,淳一。现在太晚了,我们什么都不要再说了,好吗,现在睡觉。朱俐说。

淳一没懂。朱俐笑着做了一个睡觉的动作。淳一懂了,点头。

朱俐指指卫生间,又做了一个沐浴的动作:你先去洗个澡吧,我们都累了,对吗?

你先吧。淳一说。

别客气,去吧,我一会儿。朱俐说。

淳一去了。朱俐将沙发床拉开,又铺上床单,放好枕头、被褥,看了看,觉得可以了,又看了一眼卫生间,里面传出哗啦啦的流水声。

她望着,有些失神。

10. 闲散的一天

朱俐和淳一走出门。屋外阳光明媚，天高云淡，这给朱俐带来了好心情。

他们站在路边上，这时正好过来了一辆出租车，朱俐刚要抬手截住，被淳一拦住了，她不明白淳一想干什么。

我们打车去，明白？朱俐对淳一说。

他们面前又驶过了一辆公交车，淳一沉默地指了指。朱俐明白了，很意外地看看淳一，点点头。

咦，你还真是一个怪人。朱俐微笑着感叹了一句。

我？淳一指指自己的胸口，想知道朱俐在说他什么。

对，你，但我不告诉你我说了什么，你想知道吗？嘿嘿，你听不懂。

我？淳一还想知道。

没什么，走吧。朱俐快乐地说，先一人往前去了。淳一摇摇头，皱着眉头，无奈地站着，还在琢磨朱俐的话。朱俐见他没跟上，回来拉上他，走吧，你别想了，没用的。

淳一只好跟着朱俐颠儿颠儿地去了。

公交车上。阳光从东侧照射进来，朱俐看到淳一傻乎乎地暴露在阳光下，拉了他一把，将他拽到阴凉处。

不晒吗？朱俐关切地问。

淳一笑笑，没吱声。

公交车上的人很多，摩肩接踵，挤在一起。空气中有一股难闻的气味,朱俐情不自禁地捂了捂鼻子。她想想自己已经太长时间没坐公交车了,有事没事出门就打车,她甚至都忘了出行还有公交车一说。

她也不是那种富有的人,平时就是靠着做一些广告的文案策划挣点钱。她不喜欢坐班,她觉得自己的性格忍受不了朝九晚五的生活,那对于她简直就是受罪。自由比什么都重要,她是这样想的。

因此,朱俐过去在一家广告公司做了一段时间之后就离去了,决定自己单练。在那家公司时,她毕竟为自己积聚了广泛的人脉资源。她又善交际,所以根本不缺活儿,小钱大钱还总是源源不断。

当今天与一群平时根本不想往来的陌生人挤成一堆时,她才想起这种生活对于她而言,真是久违了。仿佛这种生活是她陌生的另一个世界,一个她不屑而现在不得不去面对的世界。她觉得受不了与一堆互不相识的人挤成一团,这让她极不舒服。她一直觉得人与人之间必须保持一个适当的文明距离,不仅在物质世界的空间中,在心理上也应如此。可是在这个拥挤的公共空间中,她被迫与陌生人无距离地挨在一起,无从逃离,她这才发现自己是多么不习惯。

所以,当淳一主张坐公交车时她才会惊诧,这也让她反思自己的生活习惯。我为什么不能像一个普通人一样生活呢?她自问,可结论依然是——算了吧,我还是受不了这种生活。光是公交车里弥漫出的怪味就让她望而却步。

我是不可救药了,朱俐想。

淳一就站在她旁边,一只手撑着拉杆,一只手拿着地图——他看得很入神。

谁都没有注意到,这时一个模样猥琐的人在悄悄地接近朱俐。他装作很随意的样子,手中还假模假式拿着一张卷起的报纸,但眼神却泄露了他的贪婪，他的目光一直在注意朱俐手中的手袋。

他盯了很久了，现在，终于要开始行动了。

他从一个个人身边挤过，不断地接近朱俐。当他从淳一身边擦身而过时，没留神碰了淳一一下。正入神琢磨地图的淳一下意识地抬起了头，正好面对着这个人。这人客气地冲淳一点点头。但淳一从这人不怀好意的目光中捕捉到一种让他不安的东西。他注意到这个人的眼睛很快又盯在朱俐身上，目光闪烁，透着一丝诡秘。

淳一感觉到了，稍觉奇怪，但也没多想，继续低头看他的地图。忽然觉得身体又被碰了一下，再次抬头，正好看见那人在趁人不备时将手伸进了朱俐的手袋里，手中的那张报纸刚好遮挡着他的那只正在从事卑鄙勾当的右手。

淳一瞪大了眼睛，惊讶地看着这人。这个人也看见了淳一，装作没事人似的与淳一双目对视，眼睛突然发出一道恶狠狠的凶光，像是在威胁淳一，示意他不准吭声。

他是一个小偷，显然还是个惯偷，所以才会有一种从容不迫的镇定。他看到淳一没有进一步的反应，对他露出一抹奸笑，右手同时在朱俐的手袋里更加放肆地动作起来。看得出来，他终于摸到搜索的目标了，脸上浮现出一丝得意。他将手慢慢抽出，手中已擎着一个钱包。

几乎与此同时，淳一令人意想不到地出击了。他迅雷不及掩耳地伸出手将小偷的手腕一把揪住，小偷猝不及防地"哎哟"了一声。正要挣扎，淳一的另一只手闪电般地从他的手中将朱俐的钱包抢到了手中。

这样做不好。淳一不动声色地用日语嘀咕了一声。说完，随即松开了那人的手。那人吓得一哆嗦，没敢再吭声便缩了缩脖子哧溜一下溜了。

一切都在悄无声息中进行，没有太多引起人们的注意。

只有朱俐听到了一点动静，误以为淳一在跟她说话，侧过脸，寻问地看看他。淳一笑笑，摆摆手。

你刚才在说什么？朱俐好奇地问。

淳一摊摊手，以示没说什么。朱俐疑惑地看着他，不信。淳一想起什么来了，拿出日文的旅游手册一字一顿地念道："城——隍——庙"，朱俐纳闷："城隍庙"？她觉得刚才他发出的不是这个音，淳一还在乐。

我可是很久没坐过了公交车了。朱俐说。

淳一没懂。

又过了几站，人不是那么多了。他们两个人并肩坐在一排。淳一拿着书，上面有些标注的读音，他尝试发音，朱俐给他纠正，两人一应一和。车上的客人好奇地打量着他们，没能及时地反应过来：为什么这个年轻人在学中文。

终于到站了，朱俐拽起淳一：走，我们下车。

淳一慌忙起身，跟着朱俐下了车。

他们来到了城隍庙的门口，朱俐让淳一等等，她快步走上一个台阶，那里写着售票处。朱俐站着排队，还向淳一得意地招招手。淳一看着她，走过去，不动声色地站在了她的身边。朱俐示意他到一边去等着，这里人太多了，淳一没理会，不动，沉默地站着。

轮到朱俐买票了，她先向售票员说了声"两张"，就将手伸进手袋里掏钱。她摸了一会儿，发现没摸着，一惊，然后低下头去寻找，还是没找着。她开始慌了，因为背后排队的人已经开始不耐烦了。她胡乱地在包里翻找着。

这时一个她所熟悉的钱包突然出现在眼前，她一怔，抬头，是淳

一、他正若无其事地将钱包递给她。

找它吗?淳一说。

怎么跑到你手里了?朱俐不解地问。

淳一神秘地笑笑,不答,只是把钱包交给她,倒退了两步,垂手站在一旁继续等着。朱俐百思不解地看着他,脑子里仍在琢磨这一幕究竟是如何发生的?想了一会儿,好像明白了,抿嘴乐了。

人头攒动。人群像海洋似的,一浪过来了,随着汹涌的波涛流走了,又过来一个更大的浪潮,一波接一波前赴后继地涌来。

淳一取出数码相机,不时地捕捉着他感兴趣的风景,显得格外兴奋。朱俐则觉得很无聊,这地方她来过不知多少次了,因此有点儿索然无味,但她知道自己的使命是陪淳一,所以一直跟着淳一走,他爱上哪儿,她就跟着到哪儿。

人一多,朱俐就心烦。她有些年头没上这里来了,她没想到今天比想象中的人还要多,还要嘈杂,混杂着各种叽里哇啦的南腔北调。没办法,既然来了,就要舍命陪君子了,她苦笑着对自己说。

一没留神,淳一突然不见了。朱俐往前走了走,还不见他的踪影,她开始有些紧张。来来往往的都是些陌生的面孔,他人呢?她开始用日语大叫"淳一",但日语发音太拙劣了。经过的路人都掉过头来讶异地看着她。

其实淳一就在她身后不远的地方,此刻正在用取景器瞄着她呢。朱俐那副焦急的样子,让他觉得挺好玩,他迅速地拍了几张下来,然后走到她背后,一动不动地站着。

转了一圈,朱俐仍没找到淳一,正着急呢,四处张望,还是没见他的踪影，忽听到背后有些动静，回身，淳一正微笑地看着她。

朱俐气极，嗔怪道：喂，你到处跑什么？万一走丢了怎么办，你知道我有多担心吗？

朱俐无意中流露出的神情让淳一感动了。不用揣测，他也能知道此时的朱俐在说什么，她的表情已说明了一切。他愧疚地点着头，然后双腿并拢，给朱俐鞠了一躬。这样一来，反倒弄得朱俐不好意思了，她无奈地看着淳一，叹了一口气：好了，不说了，只要你高兴就行。真拿你没办法，只要不到处乱跑就行，我们走吧，淳一。

淳一用日语纠正朱俐的日语发音：淳一。

朱俐又好气又好笑，只好跟着念了一遍：淳一，好，我知道啦。

淳一模仿朱俐的口气：没有"我知道啦"，是——淳一。

朱俐大笑：你知道我在说什么呀？还什么"我知道啦"。淳一，行了吧。

淳一固执地说：没有"行了吧"。淳一摇摇头，认真地说。说完，他率先往前走了。

两旁排列着雕梁画栋、翠瓦朱檐的楼房，还有迎风招展的小白幡。这里很能透出些许旧式的勾栏瓦舍的市井韵味，在现代化的大上海中，别具一格。

淳一看得津津有味。

两人继续向前悠悠地漫步着。

前面矗立着一幢庙宇，青烟缭绕。淳一见了，几步上去，掏钱买下了几炷香，在火中点燃，神情肃穆双手合十地闭目默念了几句什么，拜了拜，将香火恭敬地插在香炉上，定睛看了一会儿袅袅上升的香火，又虔诚地鞠了几躬。

朱俐一直在边上瞅着。她从不信奉什么宗教，但淳一的虔诚还是感染了她，她也学着买了几炷香插上，默祷了几句。她在心里说的是，让我也找到真正的爱情吧。

她很想问问淳一，人为什么要信奉点儿什么才会有精神支撑？似乎在现实生活中我们的无依无傍只有通过神界的保佑才能获得拯救和安慰，但这种虔诚在她看来是虚无的，可是人们为什么要相信和遵奉这种虚无呢？她一直很想了解，但他们之间语言不通，她根本无法与淳一进行探讨。

这真是一个遗憾，她想：如果彼此能交流该多好！

再往前走，拐过一个小弯，前面出现了一座木制的水桥。朱俐正想开口介绍，淳一发出了一声快乐的呼喊。他拿出地图，指了指这座桥，并用拙劣的中文说：九曲桥？

朱俐点头。对，九曲桥。她说。

桥上聚集了太多的人，都在探身望着桥下的河水，兴奋地议论与欢呼着。淳一好奇地来到桥上，也学着游客探头往桥下看，很快也惊呼了一声。

桥下平静的清水中，有许许多多的胖头大金鱼在摇头摆尾地游弋着。桥上的游人不断地抛下一些食物，那些肥硕的大金鱼瞬时摆动着尾巴，蜂拥而至，去抢食落下的食物。清澈的水面被金鱼的颜色染成了一片耀眼的艳红色，在阳光的映照下好看极了。

淳一拿出相机，不断地按动快门。朱俐过来了，淳一开始用相机向她比划着，朱俐明白他要她帮着照几张。

没问题，朱俐说。

但她理解错了。淳一让她先在桥上找了一个位置站好，他则在取景框中不断地寻找角度，终于好了。他拍了一张，招手让朱俐过来，他调出刚才拍的那张，让朱俐看。朱俐发现这张照片拍的景有些奇怪：人物在照片中所占的空间位置不平衡，淳一紧靠在照片的右侧，左边则留出了一大片空白。

这是什么意思？朱俐不明白，她觉得淳一取景技术有问题，她向淳一表示这样拍不对，人物应该在画框的正确位置。淳一拼命摆手，嘴里叽里咕噜地说着些她永远不会懂的话，似乎竭力在向她做出解释。可朱俐还是不懂。淳一没办法，坚定地指着取景器里照下的模式，让朱俐如法炮制。

朱俐虽然觉得淳一很可笑，可这是他本人的要求，她也不太好过于违逆，只好照办。她让淳一在桥上找好位置，站定。这时的淳一表现得很兴奋。

快要照了，朱俐还是不放心，指着相机询问淳一：这样行吗？淳一只是点头，朱俐开始看取景器，仍觉奇怪，想了想，就自做聪明地将取景框往右侧偏移了一点。她还是想讲究点构图，因为她搞广告时多少知道一点画面。

照完了。淳一跑过来调看，眉心皱紧了，摇头，又举起相机对着那边取景，向朱俐继续比划着，表示取景时左侧必须留出一个人的空位。

两边不对称啊！朱俐说，用手指在上面比划了一下。肯定是这样吗？

淳一肯定地点头。

朱俐还是纳闷，但只能照办了。

朱俐嘀嘀咕咕地说：看来你真不懂照像，好吧，就听你的，反正又不是我要照，我操那么多心干吗！也不知你的漫画是怎么学的？画面平衡都不懂。朱俐无奈地摇摇头。

这次淳一满意了，高兴地向朱俐伸出大姆指。朱俐只能苦笑。

淳一翻开他那本旅游指南，四处看着，似乎在寻找着什么。朱俐不解，询问般地看着他。淳一不好意思地笑了，指指上面的"南翔馒头店"。朱俐抿嘴乐了。

你毛病还真多！

朱俐拉着淳一进了南翔馒头店，她很早以前来这里吃过，一般逛城隍庙的游人，这里必定会来坐坐的，因为它出产的包子名闻遐迩，成了上海滩的一景。

抬头看见悬置在门楣上的"南翔馒头店"的匾额，淳一开始兴奋，他指着旅游指南的照片频频点头。也到中午了，他们确实有些累了。

朱俐和淳一找了一个靠窗的位置坐下。服务员上前询问，朱俐从他的手中接过菜单。她要了枣泥酥饼、蟹粉小笼、鲜肉小笼、蟹肉小笼、南翔小笼各一份，还要了一碗蛋皮汤。

服务员去了，没过多久包子笼、醋一应俱全地端来了，服务员一一揭开盖子。刚出笼的包子散发出香喷喷的味道，淳一兴高采烈地做出了一个赞美的夸张表情。

朱俐往面前的小碟里倒上醋，示意淳一跟着她学。淳一孩子般地一边看，一边学着朱俐的动作，表情十分认真。他的样子又把朱俐逗乐了，朱俐想，像这样的中国男人还真没见过，估计也就日本盛产这类男人。她觉得跟他在一起真的很开心。

朱俐小心地将包子夹起，在上面轻咬一小口，慢慢地吸出里面的汤汁，最后才是细嚼慢咽地将包子下肚。

淳一像傻子似的认真琢磨着朱俐的每一个细小的动作,接着开始照着模仿,但第一次包子还没送到嘴边就破了,包子掉到了桌上,他可惜地摇摇头。

没关系。朱俐安慰他:你慢慢吃。

第二次,终于夹住了。淳一高兴地举起向朱俐示意,朱俐也点头对他表示赞许。淳一忘乎所以地一口咬住包子,生怕再掉了,可牙齿刚沾上包子就被烫得龇牙咧嘴。他轻呼了一声,大嘴尚未张开,包子里的汤汁紧跟着"扑哧"一声斜飞了出去,喷了很远,着实吓了淳一一大跳。他生怕溅到了别人身上,惊慌地左右张望。

还好,没人被溅到,只是自己的身上沾了一点儿。他发窘地甩着手,不好意思地看着朱俐,像是一个不懂事的小孩儿一不小心做错了事,等待母亲的批评一样。

朱俐大笑:你真可爱。

淳一为难了,筷子夹着包子半举着呆坐着,只是看着它,迟迟不敢再咬。

没事,再试试?朱俐知道自己刚才的笑让他尴尬了,她迅速地收敛了笑容,鼓励他说。

淳一像在给自己拼命鼓劲般地将包子整个地塞进了嘴里,结果又被烫了一下。他烫得脸都扭曲了,起初忍着不张开嘴,但忍受不了了发出一声更大的惨叫。

朱俐实在憋不住,又一次大笑了起来,笑得眼泪都差点出来。

他们又步入不远处的豫园。那里面果然别有洞天,花林繁盛,郁郁葱葱,小桥下的流泉潺潺而去。亭台楼榭小巧玲珑,园内的花墙、廊亭错落有致，在都市中能置身于如此清幽之地，令人赏心悦目。

现在，落入眼帘的是一片错落有致的中式庭院。淳一发出惊叹之声，显然，这里让他激动。他们穿过一个满月般的门洞，一眼望去，里面怪石嶙峋形状各异，螭蟠虬结层峦叠嶂。静静地座落在清水亭院中的玉宇琼楼一如仙境，有种说不出来的韵味；斜刺里腾空而起的飞檐，如同跃跃欲动的青龙，蓄势待发。

他们又经过一座拱形小桥，进了一间屋子。迎面便是一个类似于祖堂的正厅，两边竖着匾额，上书大字，神龛上供着一些牌位。淳一弯腰鞠了一躬，待他抬起头来左右张望时，发现朱俐不见了。正在奇怪，忽然听见朱俐熟悉的声音传来，循声望去，不见人影。淳一琢磨着她能去哪儿？她的声音又从何处而来？

踯躅间，又见正厅两旁设有厢房若干。他向左侧走去，因为刚才恍惚中似觉朱俐的声音正是从那里传出的。

他迈过门坎，见有许多人在浏览着张贴在墙上的介绍。他看不懂，只是四处寻找朱俐，仍不见踪影，只好站住再琢磨。这时朱俐呼喊他的声音又传来了。他这一次侧耳细听，仿佛在右侧。难道刚才听错方向了？他自问。他重新回到大厅，向右侧走去。

进去一看，仍没有朱俐。他开始恨自己耳朵出了毛病，为什么总是不对呢？她到底会在哪里？他突然意识到这可能是朱俐在和他玩一场捉谜藏的游戏，于是警醒般地拍拍自己的脑门，心里暗暗地骂了一声傻瓜。

他干脆站着不动了。等了一会儿，仍不见朱俐出现，他调皮地笑笑，就在门坎上一屁股坐下了。他想，我不动，看你有什么办法！

果然，一会儿听到了熟悉的脚步声，他故意不回头张望，他知道那是朱俐。

朱俐的脚步在他的背后停住了,他还是坐着不动。朱俐忍不住"喂"了一声,他猛一回身照着朱俐连拍了几张照片,然后乐了起来。现在轮到朱俐泄气了,她觉得自己的游戏最终还是被淳一识破了,让她自觉无趣。

淳一见她不高兴了,又有些紧张,从相机的显示屏里调出刚才抢拍的朱俐瞬间形象的影像让朱俐看。朱俐故意不看,掉过脸去。他又将显示屏伸到朱俐的眼前。朱俐躲不开了,瞄了一眼。

照片上的朱俐拉长了脸,一副不情愿的样子。朱俐情不自禁地笑了,她觉得上面的自己实在是不堪入目,她一把抢过相机,极迅速地将她的影像给删除了,淳一大叫一声想抢救,可是晚了,淳一遗憾地看着被删的显示屏,嘴角撅了起来。现在轮到朱俐得意了。

淳一也不说话,只是调试着相机。他突然又咧嘴乐了,原来上面还留了一张朱俐表情难堪的照片。朱俐见他的表情有异,也凑过来要看,淳一迅速地将相机藏在了身后。朱俐没看着,用目光询问般地看他。淳一没吭声,也看着她。两人就这样面面相觑,半晌没言声。

我被你打败了,朱俐最后说,你不好玩。

淳一"嗯"了一声,似乎在问:你说什么?

听不懂就算了,朱俐说,我本来就没打算让你听懂。

淳一冲着她只是笑。朱俐"哼"了一声,然后往前走去。淳一赶紧跟着她走了。

他们没有回到正厅,而是穿过右厢房,穿过被正厅的一面墙挡住的廊道,从后面可以绕到左厢房去。淳一这才恍然大悟,"哦"了一声,果然朱俐刚才在与他玩捉迷藏游戏呢。他会意地笑了。朱俐见他开心地乐着，冲着他轻吼了一声：

你还乐，有什么好乐的？

你生气啦？淳一赶紧问。

他紧张的样子反把朱俐逗乐了。

我真没出息，我跟着乐什么呀！朱俐自嘲地自言自语。

你在说我？

朱俐没搭腔。

淳一又在神龛前让朱俐给自己拍照，仍然是将右侧的位置空出。朱俐也习惯了，现在不用他指导，自然地会将相机左移，让出左边的空间。等照完了，淳一不放心地过来看，伸出大姆指夸赞她。

我还用你来表扬吗？朱俐不屑地耸耸肩。

你说什么？淳一瞪大了眼睛。

他们又转到了上海老街。这里，聚集了当年繁华一梦的明清建筑。最先领略的是耸立在老街当口描金的牌楼，再进，人声鼎沸，逛街的人群川流不息。街两边都是古色古香的旧式建筑，能依稀感觉到那当年的前尘往事。偶尔，能听到从旗幡招展的小店面里传出的周璇唱的《夜上海》。那哀怨而又婉转的歌声给人以一种慵懒的恍惚感，仿佛时光倒转，又回到了消失的岁月中。

淳一兴致勃勃地看着，不断地向朱俐伸出大姆指，神情激动不已。他手中的相机不断地闪动，他要记录下这美好的瞬间。当然，一时兴起时，也会让朱俐帮他照上几张。朱俐也习惯了，淳一选好景，她拍摄，拍摄时将左侧的位置留出。偶尔，她也会取出自己的相机，趁着淳一兴致正高没太注意时，对着他偷拍几张。照片中的淳一神态各异，她看着忍不住地掩嘴乐了。他真的很可爱！朱俐想。

你在看什么？淳一突然伸过头来问。

没什么？朱俐赶紧将相机藏在身后，她不想让淳一知道。

淳一又对她发出一个憨憨的傻笑，又兴致勃勃地看别的去了。

这里的确是古风犹存。当她们经过一个高挑起黄色酒旗的小酒馆时，里面飘出江南丝竹的音乐声。门前，一位满头银丝的老人正双手挑着两根细绳，在细绳的两头悠荡着一个类似哑铃的物件。他上身稳稳挺立，双膝微屈，扎出一个稳当的马步，神态自若，目光炯炯地盯着在他的操控之下高度旋转的物件。那物件在细绳一上一下的拉动下，如飞碟般高速旋转，发出如同风啸雪鸣之声。

淳一停住了脚步，瞪大了好奇的眼睛，不可思议地看定这位稳如泰山的老人。看着看着，他也学着扎了一个马步，空手做出老人的动作，跟着模仿。

老人不经意地抬头看了他一眼，他拉动细绳的动作渐渐地慢了下来，结果在一个关节点上戛然而止。与此同时，收步，挺腹，深呼一口气，将物件往上轻轻一挑，那物件还带着旋儿腾空而起。老人的视线也随即跟着抬起，看定它的落点，又潇洒地用细绳将落下的物件稳稳当当地托住。

他直起了腰。

小伙子，你也试试？老人这时满脸笑意，要将物件交给淳一。

淳一傻眼了，没敢接，他还是不知这玩意儿究竟该怎么玩，老人刚才玩得太潇洒了。他怔怔地看看老人，又求救般地回看朱俐。

朱俐笑了，上前一步温和地对老人说：老伯，他是日本人，不懂您的话。

老伯更加喜笑颜开了,落落大方地拿住淳一的手,让他接住细绳,然后教他怎么玩。淳一有些发窘,不知所措,看着朱俐,朱俐微笑着示意他大胆试试。

没事,你也试试吧。朱俐说。

我也这样?淳一手抖动了一下,问。

朱俐肯定地点点头。

淳一"哦"了一声,也学着老人深吸一口气,扎势,先稳了一下自己,闭上眼,像是在给自己鼓劲,然后眼一睁,向老人发出一个孩子般的微笑,开始旋转。可是,这一动作刚刚做出,物件就从细绳上掉了下来,淳一更窘了,无奈地苦丧着脸。

老人仰头大笑:没关系,这一招一势,可不是一朝一夕能学会的,慢慢来吧。

老伯,他听不懂。朱俐微笑地说。

哦,对,我又忘了他是日本人。

朱俐谢过老人,又带着淳一向老街深处走去。路两边鳞次栉比的一幢幢房屋,黛瓦粉墙、红柱飞檐,散发着一股浓郁的明清韵味。宛如穿行在古代喧嚣的集市中。

那是什么东西?淳一兴致盎然地问,手上还做了一个玩叉铃的动作。

朱俐知道他在问什么了。

叉——铃。朱俐一字一顿地教他说。

淳一学着朱俐的发音:哦,叉——铃。

朱俐听了听,觉得他的发音不错,肯定地点点头。淳一显得十分高兴,脸上居然掠过一丝小小的得意。叉铃,淳一又重复了一遍。

淳一沿街看着各种稀罕玩意儿，东张西望，充满了好奇。每到一处，还非要进去觑个明白。他还在店铺里买下了一张当年周旋的招贴画。这里的银楼、商行、钱庄、酒肆、戏院都让他目不暇接。

有点累了，他们进了一座茶楼。茶楼的檐下一串大红灯笼高高挂着，很是招摇醒目。

店小二碎步过来，还没开口问，朱俐就说了声：来壶龙井。店小二去了，一会儿提着壶斜着身子快步过来了，将茶沏上，合上盖，一哈腰，又颠儿颠儿地去了。朱俐示意淳一喝茶，淳一轻轻地在茶面上吹了一下，用碗盖拂去表面的茶叶，然后轻抿一口，露出赞叹的表情。朱俐看着，心想，这个日本人，喝茶倒是挺在行。

朱俐的电话响了，她看了一眼，显示的名字是亚娜。她笑了，接听电话。

亲爱的，你还活着呀！昨晚你一闪人，把我们全扔那儿了，那个追你的男的叫什么来着？亚娜在电话中埋怨地说。

史大可，怎么啦？

他一直缠着我们问你去哪儿了，还要请我们吃夜宵呢。亚娜快人快语地说。

那你们怎么说？朱俐问。

当然是打死也不招啊。可是，该死的乔真最后忍不住还是说了。哎，你现在干吗呢？

我陪淳一出来逛逛。

哟，你还真够会泡啊，带着人家出来玩。亚娜笑着说。

胡说什么呀，这不是我们计划中的吗？他很开心，但我看他是在一路悼念以前的感情。朱俐看了一眼淳一说。

淳一以为要与他说话呢，指指自己：我？

朱俐摇摇头，没有。

亚娜误会了，调皮地说：什么没有？那好呀，他没有悼念过去对你不是一个机会吗？他以前和女友来过上海？

我在跟淳一说呢，你这死丫头，朱俐说，有点儿正经好吗？

好，好，他现在怎么样？亚娜问。

好像他以前与女友有过一个约定。

约定？什么约定？亚娜兴奋了。她是一个喜欢八卦的女孩儿。

我也说不清，只是我的一个感觉。

那你不成了他女友的替身陪他逛？这哪儿是我们朱俐做的事呀！亚娜打抱不平地说。

去你的！从你嘴里就是冒不出好话。朱俐嗔怪道。

咦，怎么了，我在说我们这么骄傲的朱俐，怎么甘愿当人替身呢？嘿嘿，听上去像是发生了一个不可能发生的奇迹。好了，说正经的了，那个广告客户的资料我发你邮箱了，回去看哦！拜拜！

好，拜拜！

合上手机，朱俐沉默了一会儿。刚一转身，看到淳一正用镜头对着自己，她望着他的镜头有些发呆，稍稍走神了。

11. 朱俐的性格

已经可以看到朱俐住的那幢楼房了，可是门前却显眼地停放着一辆"保时捷"吉普，朱俐停住了脚步，迟疑着。

淳一正走着，发现朱俐停了下来，不解地看着朱俐，他也停下了脚步，顺着朱俐的目光看去。

那辆帅气的"保时捷"吉普静静地趴在那儿。朱俐突然上前拉着淳一向一边闪去，淳一莫名其妙地跟着她一溜小跑。

她们像一对捉迷藏的孩子似的藏身于一个隐蔽处，朱俐探出头来张望。淳一好奇，也学着要探出身子看，可他的身体暴露得过于明显了，让朱俐一把又拉了回来。淳一紧张了，不知发生了什么事。可是朱俐只是对他调皮地笑笑，伸出手示意他不要说话，并指了指门洞。

与此同时，门洞里出现了一个人。是史大可，淳一见过他。他会意地笑了。

你认识的。淳一说。

说着淳一要出去，又被朱俐一把拽回。淳一彻底糊涂了。

朱俐的目光一直看着史大可上车，发动引擎，传出一阵轰鸣声。"保时捷"吉普远去了，一会儿就看不见影子了。

朱俐这才亮出身子，很得意地一撇嘴。

现在可以走了。朱俐对淳一说。

淳一战战兢兢地走出来，他还是不能明白究竟发生了什么事，只是看着远处绝尘而去的"保时捷"，不知所以地摇摇头。

你不明白是吗？

朱俐的表情让淳一大概知道她在说什么,他憨实地点了点头。

那好,朱俐严肃地说,我告诉你。她想了一会儿。算了,即使告诉了你,你也不明白,走吧。

淳一以为朱俐回答他了,高兴地频频点头。

我都没明白你点什么头呀?朱俐不高兴地说。

淳一来了一个标准的日本式的鞠躬:嗨咦!

朱俐没想到淳一会给他这么一个反应,愣了一下,又大笑。乐得淳一都不好意思了。

进门洞,上楼梯,来到家门口时他们看见了一束鲜花。

花!淳一惊喜地欢呼了一声。

朱俐则将鲜花不管不顾地拿起硬塞进淳一的怀里:你喜欢?那给你吧。

淳一冷不丁地捧住了鲜花,一脸困惑,憨态可掬地站着。

朱俐打开门,丢下发愣的淳一,先走了进去。

淳一看着朱俐脸色不对,也不知她又在生什么气,小心地跟在她后面,蹑手蹑脚地进了门。这时他的手中仍捧着那束花,他一时不知道该如何处置它,他的目光看到了那个静静摆放在桌上的花瓶。

淳一向花瓶走去,将鲜花插进花瓶,然后回头观察了一下朱俐的表情。

朱俐没有任何反应,他放心了。进了卫生间,给花瓶喂上水。他端着花瓶走进屋,举起来,向朱俐示意了一下。他希望看到朱俐的微笑,可是没有。朱俐视而不见地去喂鸽子了。

淳一将花瓶重新放回到桌上。这时,他的目光被鲜花丛中插着的一张名片吸引了,将它抽出,知道这是给朱俐的,他向蹲在窗下喂鸽子的朱俐走去。

他看着朱俐那么慈爱地喂着鸽子,有些感动,他也蹲下了身。

淳一从朱俐手中接过鸽子,动作熟练地喂起了鸽子。朱俐转脸看了他一眼,黄昏橘红色的光影正好斜射在他的侧面,勾勒出他脸部的曲线,鲜明的轮廓线上有一种男人特有的味道。淳一正好抬眼看她,目光相撞。

朱俐脸上短暂地掠过一丝羞赧,只是对他浅浅地笑笑。淳一也傻傻地回应她的笑。他忽然想起了手中的名片,放下了手中的鸽子,急忙递给朱俐。

朱俐迅速地扫了一眼。是史大可留下的名片,上面写着:我相信会有那一天!

淳一指着鲜花,又指了指名片,颇有意味地笑了。

朱俐突然站起了身:嗨,你懂什么呀,就知道傻乐。

淳一知道在指责他,蹲在地上仰脸看她,脸上浮现出愧疚的表情,这时他发现朱俐的目光有些异样,像是发现了什么稀罕物似的,他也跟着掉过脸看去。

他惊讶地发现鸽子居然可以在地上迈步子了,摇摇晃晃的,虽然有些艰难,但毕竟可以走了。

你瞧,"天使"自己能走了。朱俐惊喜地喊了一声。

小白,哦,"天使",你的伤快好了吗?

淳一又一次地将鸽子贴在了脸上,他显得很激动。

谢谢你朱俐,淳一说,如果没有你,"天使"从此就离开我了,我也不会知道雅子的消息了。

雅子?朱俐听到这个名字激灵了一下:你又提起了雅子,对吗?

雅子？淳一点头，因为他听得出从朱俐嘴里发出的"雅子"二字。

呃，淳一，我一直觉得在你和鸽子中间，有一个关于雅子的故事，能告诉我吗？朱俐好奇地说。

淳一的脸上是困惑表情，他现在又听不懂了，尽管这一连串的话语中夹杂着"雅子"二字，他在努力地猜。而朱俐，却显得十分迫切。

他们面面相觑，出现了短暂的沉默，看起来他们的对话难以进行下去了。

朱俐忽然有些激动，"哦"了一声，转身向电脑跑去，快速地打开了她的苹果电脑。

淳一还是一脸的茫然，他很想知道朱俐想问他什么？他从朱俐的表情中能捕捉到那份迫切。

电脑打开了，朱俐熟练地进入到了一个系统程序，点开了页面，在这个页面中她可以画画。她在向淳一招手。朱俐从来就是个性情中人，什么事都挂在脸上。

淳一小心地将鸽子放好，快速地向朱俐走去。

这时电脑中已出现了看上去幼稚、拙劣的图画，看似一个人和一只小动物，淳一没懂，继续茫然地看着朱俐。

你不懂，这都不懂？这不是你和"天使"吗？朱俐问。

淳一老实地摇头。朱俐的画，实在是过于拙劣了。

朱俐无奈了，灵机一动，指了指淳一，然后又抱来鸽子，指了指这个小家伙，再指指电脑中的图画：

明白了吗？

淳一高兴了，拼命点头，他在为自己刚才的蠢笨而惭愧。

淳一的反应让朱俐很兴奋，这种交流方式的发现让她非常得意，她

接着在电脑上快速地勾勒出一个女孩儿的人影,又指着她:

雅子。

哦,雅子?淳一说。

对,雅子。朱俐拼命点头。我想知道,你们之间究竟发生了什么?

淳一又不懂了。

真笨,这还不懂?朱俐嗔怪地说。

朱俐想了想,又在三个物体上划了一道连接线,然后打上一个大大的问号。

淳一明白了。他的脸色沉了下来,像瞬间飘过了一朵乌云。

淳一蓦然间出现的情绪变化让朱俐一时有些尴尬,她知道她问的问题触动了淳一内心最敏感的部位。也许,这是他不愿去回忆的往事。她将刚才画好的图画删去,脸上满是歉疚。

淳一打开自己的大包,拿出一支铅笔和一个速写本,埋头画着,朱俐好奇地看着他,不知他要画些什么。

很快,淳一画完了,递给了朱俐,朱俐看去——

寥寥几笔粗线条,生动地勾勒出了一个完整的情景:鸽子、淳一和雅子。他们沐浴在阳光下,脸上满是欢笑,鸽子在淳一和雅子中间飞翔着,嘴里衔着一封信像是在传递爱的信息。从粗略的几笔素描可以看出,淳一的速写水准有相当的功力。

朱俐羡慕地看着,心潮起伏:画得真好!朱俐说,这是"天使",它在为你们传递爱情,这是你们俩,我知道这是你们,你们是幸福的。雅子是你的恋人!她很爱你,对吗?她指着雅子,又指了指淳一。

朱俐从电脑中调出一个表情,是一个动漫人物,他生动地上窜下跳、拍手大笑。

淳一点头，脸上充满了对往事的追忆。

我明白了，我羡慕你们！朱俐由衷地说。

又是一个晴朗的早晨。

朱俐与淳一来到了徐家汇大教堂。这座哥特式的古老建筑矗立在众多的楼房之间，红色的立面外墙双峰并峙，呈利剑般直插蓝天的十字架给人以一种庄严的肃穆感。教堂外是一片绿色的草坪，绿草茵茵。

淳一又要照相了，朱俐也已经习惯，接过他的相机，按照已经习以为常的不规则构图拍了几张。

淳一仍旧不放心，跑过来从显示屏中调出来看了看。

还不放心？朱俐问。

他们开始步入教堂，不自觉地放轻了脚步。里面已有几位教民在座椅上安坐着，双手合十，前额压在半举的手掌上，双目微闭，像是在做祷告。淳一也静悄悄地在后排座位上坐下了，目光虔诚地看着不远处的神坛，以及神坛上怀抱小耶稣的圣母像，闭上了眼，默祷着。

朱俐坐在最后排，也学着闭上眼，双手合在胸前。

当她睁开眼，远远地看见淳一将手放在《圣经》上一动不动的背影，突然有种被触发的感动。是什么触动了我呢？朱俐想，是教堂的气氛，还是淳一的虔诚？

淳一来到了后排，在朱俐身边坐下了。

祈祷真的管用吗？朱俐自言自语地问。

淳一侧过脸来看了她一眼，没懂，摇摇头。

朱俐起身走了出去，淳一跟上。

他们又换乘地铁，去了淮海路。那里太具有现代化的繁华气氛了，地铁、马路、商场……到处是川流不息的人,多得让人喘不过气来。

朱俐带着淳一进了一家大的百货商场。她觉得现在的感觉挺好,有一位忠实的、骑士般的男人跟在自己身边,而且还是有一定回头率的男人,她忽然觉得这个男人跟在自己的左右有一种安全感。岂止是安全,甚至有一种久违的快乐。他们是般配的,俊男靓女。想到这里她自己都乐了,她发现和淳一在一起时心情好极了,很长时间以来的郁闷随着他的出现烟消云散。

于是,她开始购物,转悠各种品牌,试穿自己相中的衣服。当她进了试衣间时,淳一便会骑士般谦恭地拿着她的衣服在外面恭候着。她注意到售货小姐看他俩的目光中有一种瞬间流露出的羡慕,这让她很有成就感。

当她将货品买下,淳一会主动上前从她的手中接过购物袋。一开始她还客气地谦让,后来也就习惯了,淳一表现出的绅士风度让她有被一下子征服的感觉。她觉得雅子是幸福的,起码比自己幸福多了。她突然对雅子产生了莫名的嫉妒。这个念头蓦然间冒出,让她着实地吃了一惊。我这是怎么啦?她开始有些自责了。

等他们从商场转出来之后,朱俐才发现自己真的是累了。刚才陶醉在兴奋中时,居然不知道疲劳!她摇了摇头,觉得自己今天有点不可思议。

他们进了一家坐落在街角的"星巴克"咖啡。朱俐让淳一先坐,她去买咖啡,淳一"嘿"了一声,非要朱俐坐着他去买,朱俐冲他瞪眼了。

你帮我拿这么多东西,我也得表示一下感谢吧。说完,朱俐去了柜台。

朱俐端着咖啡过来，递给淳一一杯，淳一发音不准地说了声：谢谢！

又无话了，语言不通使她们经常性地陷入沉默，出现短暂的尴尬。他们都默默地望着窗外的车水马龙，偶尔会对视一眼，想说些什么，但很快发现说了也没用，因为不懂。朱俐觉得必须找到一种交流方式。

朱俐抿了一口咖啡，想了想，忽然拿起面前的"星巴克"纸巾。她在上面匆匆画了两个小人，故意在其中一人的脑袋上甩出两根小辫，以示是女孩儿。

画完，她拿给淳一看。淳一看后，客气地笑着频频点头。

朱俐很高兴，她以为淳一看懂了。

你和雅子常会一块儿出去旅行吗？

淳一语塞了。朱俐这才知道他根本没懂自己画的是什么，她有些失望。

她突然快乐地大叫了一声，吓了淳一一跳，不知她想干什么。

朱俐飞快地拿过刚才画过的那张纸，在上面又画了几笔。

淳一再看时才发现，刚才画上的两个小人，男的背上了一个特大的旅行包，女的手里则拎着一个旅行袋。

朱俐向空中划了一个弧形：旅行。她又在地图上从南到北地比划着。

淳一明白一点儿了。

哦，淳一说：我和雅子一直说要来上海旅行，可是一直没成行。

什么？朱俐歪着脖子问。淳一又"哦"了一声，知道没法向朱俐表述清楚，抱歉地摊了摊手。

这个问题是没法再打听下去了。朱俐又陷入了沉默。

你知道吗？我是多么想知道你和雅子的故事呀。我不懂，你们这么好为什么要彼此分离！朱俐说。

雅子？哦。淳一天真地看着她，好像在等她接下来的问题。

呃，为什么我们都是黑头发黄皮肤的人，却语言却无法交流呢？

淳一还在瞪大眼睛等着。

你不用这样看我，我说什么你也不懂。不懂，知道吗？

淳一那副认真的傻呆模样逼得朱俐只剩苦笑了。她端起咖啡杯，示意了一下：来，碰一个，你不用再犯傻了，反正你也不懂，我也不用再问了。

淳一的杯子举起来了，朱俐跟他碰了一下杯。

希望你在中国的这段日子是快乐的。朱俐忽然有些伤感地说了一句。

什么？淳一问。

哦，没什么，你先把咖啡喝了吧。朱俐笑笑说，她自己先抿了一口。

他们快到一个路口了。淳一的手里拎着几个购物袋，那里装满了朱俐疯狂抢购的成果。眼看就要走到过街的斑马线了，人行指示灯的黄灯开始闪烁不停。朱俐拉了淳一一把，她想加快速度抢在红灯之前迈过人行线。许多路人都采用了与朱俐相似的反应，加快脚步跑着穿过了斑马线，朱俐也习惯性地准备起跑了。

黄灯仍在闪烁。朱俐刚要起步，被淳一一把拽住了，又把她扯回到了待行线上。朱俐着急地挣扎了一下，可淳一纹丝不动地站着，脸上毫无表情，只是死死地拽住朱俐不放。

你拽我干吗？朱俐恼怒地说。

这样不好，危险！淳一看着闪烁不停的黄灯说。

别人都过去了，我为什么不行？

危险！淳一不动声色地说。

现在是红灯了。众多蓄势待发的汽车也开始启动前行，一辆接一辆，呼啸而去。

终于又是绿灯了。

淳一轻轻地说了声：我们走吧。

他们开始跟着蜂拥而来的人流向马路对面走去。

哼，你真多事！朱俐说。

你说什么？淳一回身问。

朱俐也不回答，快步地超过淳一，自顾自地走了。看着朱俐的背影，淳一很无奈地摇了摇头。

12. 请与我同行

桌上的玫瑰又换了新的，鲜花丛中，一以贯之地插着一张史大可的卡片。

朱俐开始张罗着做饭，她与淳一一道买了许多超市的半成品，省却了自己切菜配料的麻烦。她套上了一条红色的围兜，围兜上醒目地印着一个大脑袋的动画人物"史努比"。淳一一看"噢"了一声。朱俐不解他为什么会发出这样一种声音呢？询问地看向他，他嬉笑着指指她的围兜。

是不是很奇怪？她的表情在问。

淳一纯真地乐着：史努比，他指着图案说。

哦，对，史努比，我们居然在这个名字上没有了沟通的障碍。朱俐也笑了。

围兜一时没围上。她双手倒背着，努力将红绳打上结，可是没成功，又努力了一次，还是没有成功。

喂，你站着看什么，快来帮忙呀！

我？淳一指着自己问。

当然，我身边还有谁？朱俐一边说，一边指着背后的细绳说。

淳一转到她背后去了，伸出手。他显得有些拘谨，因为与朱俐靠得太近了，他有些紧张。朱俐这时一动不动地站着，似乎感觉到了什么，脸上的表情有些许的变化。她等着，等着他完成交代的任务。淳一认真地将细绳系上了，转回到朱俐的面前。

朱俐没有再看他，只说了一声：谢谢！

她开始将买来的半成品从纸袋里一一拿出,淳一跟着帮忙,他们中间好像出现了小小的默契。一切准备就绪,天然气也点燃了,天蓝色的火苗"噌噌"地往上蹿。淳一顺手将铁锅放在了燃气灶上,朱俐意味深长地看了他一眼。

你去坐着吧,我来。朱俐和蔼地说。

淳一没动,还在一旁站着,他想接着帮忙。

我说——你坐,别管我,一会儿你吃就行了。

淳一还是没动弹。

朱俐知道他听不明白了,快步地走到电视机前,打开了电视,调到一个儿童频道,里面正在放一部古怪的卡通片。

她叫了一声淳一。这才发现,淳一正在炒菜,一副大厨的架势。她面无表情地看着淳一的背影,心情忽然有些复杂。

她走过去,从淳一手中接过锅铲。你去吧。她说,侧身指了指沙发,又指指电视。

淳一还想继续,但看到朱俐坚定的表情,只好转去沙发边上坐下了。他像个孩子似的目不转睛地看着动画片,不一会儿就发出了笑声。动画片很快就结束了,接下来是一群孩子的表演,淳一没了兴致。他又向朱俐那边看去,从侧影看,朱俐瘦长苗条的身材很具有一种曲线的美。没一会儿,他想到了什么,从包里拿出素描本和铅笔,他先拿笔横在眼前,像是测量般地闭上一只眼,往朱俐所在的方向瞄了一下,然后开始在素描本上画了起来。

他的炭素笔如银蛇狂舞般地画着,手指灵动至极,不一会儿,雪白的纸面上就勾勒出了一幅剪影。

他看一会儿朱俐,低头再画。那个最初的粗糙的剪影开始精细起来，能看出那正是朱俐的侧面，线条流畅生动。他画得很投入。

朱俐的饭菜做完了，一转身，发现淳一怔怔地看着她。她也奇怪地望着他，又上下地打量了一下自己，没发现有什么不对呀？她心里想，可淳一看她的眼神让她觉得蹊跷。

又怎么了？

吃饭？淳一恢复了他的平静，他用日语问了一声。

好吧，吃饭，这句学会了吗？朱俐又指着饭菜，用中文重复了一遍：吃饭。

哦，吃饭。淳一学着。

天黑了下来，只有墙上的挂钟在滴滴嗒嗒地走着。

电视仍然开着，都是无聊至极的节目。朱俐换了几次台，尽是些她瞧不上眼的电视剧，那些熟悉而又没意思的面孔在屏幕上晃着。真没劲，她想。她有些困了，靠在了沙发上，想稍稍地眯一会儿，可没想到不一会儿就睡着了。

淳一一直陪着她坐在沙发上，见她没动静了，转脸看，朱俐已经睡着了。他拿出一件衣服悄悄地盖在她的身上，又轻轻地起身，蹑手蹑脚地来到饭桌前。

杯盘狼藉。果皮、骨头乱七八糟地堆在桌上，实在让人看不下去。淳一皱皱眉，再回头看看朱俐，没有惊动她。他悄悄地将碗、碟拿起，放进水池里，小心地拧开水龙头。清水"哗啦啦"地流出，他开始站着没敢动，生怕一不小心将朱俐吵醒。还好，朱俐睡得还挺沉。他放心了，将碗碟等物件一一刷洗干净。然后，将它们整齐地摆放好，用抹布将灶台擦拭干净，这才踏实地离去。

他在窗台边的地板上坐下了,打开苹果电脑,将朱俐帮自己拍的那些画面不对称的照片调出来,一张张翻看着,再从自己的U盘里调出另一位女孩儿的照片。

她是雅子。雅子的照片存储了很多,各种姿态、各种角度……淳一一张张看着,脸色渐渐地黯淡了,一丝忧郁宛如天边随风飘来的乌云在他的脸上时隐时现地浮动着。

窗边的鸽子,也在窗台下悠游自在地来回踱步。走走停停,东张西望着。看上去,像一个受伤后又恢复了元气的小将军。他怜惜地看着它,有一丝欣喜。它的伤正在快速痊愈。

不知过了多久,淳一下颌倚在跷起的双膝上睡着了。他的面前,电脑显示屏的屏保图案正在缓慢地滚动着。他也累了。

半夜,朱俐醒了,睁开眼,发现电灯还亮着,这才意识到自己倒在沙发上睡着了,这里是淳一睡觉的地方。她发现自己身上盖了一件薄外套,知道这是淳一帮她盖的,有些感动。

她扫视了一眼屋子,发现饭桌已收拾干净了,一切都被整理得井井有条,再向自己的小床看去,空的。她惊了一下,目光开始紧张地逡巡,她以为淳一悄然无声地离去了呢。

终于看到淳一正酣睡在窗台下。还有那只现在已然安详地躺着的鸽子。她站起,想叫醒他,让他回到沙发上去睡。

外面飘起了丝丝小雨,啪嗒啪嗒地拍击着紧闭着的窗户。在这个寂静无声的雨夜,她感受到了一种幽涩的诗意。

朱俐站在了窗台前,犹豫着,不知该不该叫醒沉睡中的淳一。她心里在责怪着自己,怎么就不知不觉地睡着了呢?以至让淳一趴在窗台下就睡过去了。看着淳一熟睡的模样,心里有些隐隐作痛。这时她发现他的电脑屏幕还处于休屏状态,她轻轻地触碰了一个按键,电脑遽尔恢复了工作状态——

屏幕上呈现出一张双人合影照片,她吃了一惊。定睛再看,她觉得自己的目光被什么东西黏住了。她又点了一下,一张又一张合影照清晰地呈现出来。男的是淳一,女孩儿显然是朱俐不认识但一眼就能猜出的雅子。这还用说吗?照片循环滚动着。她知道这是淳一经过PS后期处理过的照片,而这些照片,正是出自她的手拍摄下来的。她现在明白了淳一为什么执意要她拍出这么多奇奇怪怪的照片了。

他真是有心!朱俐感动地想。她看着,百感交集,若有所思地沉默着。

她轻轻触碰了一下淳一,她不想让他就这么坐在地上睡着,就这样度过这个漫长的夜晚,她想让他睡得更踏实些。

淳一一激灵醒过来了,睁开眼,见朱俐正盯着他看,不好意思地揉揉眼睛,赶紧站了起来。微微地欠身表示道歉。

你到沙发上去睡吧。朱俐温柔地说。

他们走在衡山路上,细雨绵绵,眼前的景物都被笼罩在一片隐约的朦胧中,看起来犹如梦境。淳一没打伞,虽然朱俐一直在坚持为他撑伞,他客气地婉拒了,他喜欢就这样漫步在濛濛细雨中,雨中赏景让他有一种诗意的回味——

——今天东京下雨了!我在想,如果下着这样的雨,我们一起走走这条雨中的小巷,该多好,或者,在你的北海道,我们一道坐在礁石上倾听大海的涛声!可惜,你总是在说,你太忙……

仿佛顺着轻风细雨传来雅子的声音，那声音如同从天上飘来的一般。

路上的行人不多，他们在岔路口停下。淳一像个夜游神般地回忆着自己与雅子的往事，他似乎都忘记了自己现在置身何处，一切都变得虚幻了起来。他的思绪腾空而起，一下子像插上了翅膀般地飞翔了，展翅高飞——

——他正趴在窗前画画，聚精会神，那一道道笔画生动地勾勒出各种形象。窗外，细雨濛濛。远处的山峦、树影，影影绰绰，一片梦幻般的迷蒙。

他和雅子的那只可爱的"小白"扑簌簌地飞到了他的窗前，咕咕地叫着，像是在召唤着它的主人。他被惊动了，抬头看见鸽子，笑笑，将"小白"捧在手里，熟练地从"小白"脚上的铜圈里取出一封信——那是远方的雅子寄来的问候和思念。

他们拐过一个弯，又继续行进在湿漉漉的衡山路上。

雅子的声音仿佛还在他的耳边萦绕着，他沉默着，沉浸其间：我一直盼着一块儿去上海的日子，到那时，你一定不会太忙，上海会留下我们的许多记忆、许多故事……你记住，这是我们彼此的承诺。

又是一个红绿灯路口，朱俐主动停住了脚步。她看了一眼站在他身边的淳一，想用自己的行为告诉他，她不会再像过去那样莽撞了，可是淳一似乎没有反应,他的脸上布满了一种深沉的内容,好像飘游在一个十分遥远的地方。朱俐没敢打扰,只是轻轻地叹了一口气。

绿灯亮起,朱俐向前走去。走了两步,觉得不对。回头,见淳一还在怔怔地站着,又返回身,轻轻地拉了他一下。

走吧。朱俐说。

淳一回过神来了,不好意思地笑笑。两人并肩穿过马路。

一群学生三三两两地从一幢年代久远的法式建筑中走出来。他们欢笑着,不时交头接耳地、热烈地谈论着什么,脸上流溢着青春的气息。

门口有一个牌子,上书"××小学"。

淳一鬼使神差般地进了院子,朱俐赶紧跟上,她不知道他想做些什么。今天,淳一的神情让她感到诧异,虽然她也能隐隐地感觉到些什么,所以,她的话也少了,她知道在这种时候还是不要轻易地惊扰他为好。

从教室里传出此起彼伏的朗朗的读书声,清脆悦耳,如同进入了一个童话世界。在这样的一个湿润的雨天,别有一番风情。

——我一直在想象着那个与我们一海之隔,并不太遥远的上海。那是一座怎样的城市?它曾经负载着一个多么巨大的梦想,那场旧日的繁华梦境,它现在怎么样了?常听人说它很像巴黎,有一种隐而不显的西洋的味道,你说是这样吗?所以我们都很好奇,这座雄踞在东方的大都市,这座闻名遐迩的现代化大都市,它的那些古老的建筑中,蕴含着多少被沉埋的历史的声音?我真的有一份抑制不住的好奇。我在想,那些默默无声的建筑一定是富有灵性的。它们矗立在大地上,只有有心人,才能真正地倾听到它从地底深处发出的声音。在它那富有灵性的气质里一定保留着生活中弥足珍贵的馈赠——那里有最久远的爱情梦想,你说呢?

——雅子的声音仿佛还在继续着,幽幽漫漫的,一如雨中飘来的读书声。

淳一君,请与我同行!

雨停了。玫瑰色的晚霞映照着初霁的天空,远处的高楼也被染上了一层淡淡的酡红,空气中弥漫开来一种清新湿润的味道。

朱俐带着淳一向家里走来。她停下了脚步,向前望去。

她家的那幢楼前,静静地安卧着一辆黑色的"保时捷"吉普,旁边站着手指夹着粗大雪茄的史大可。他正微笑地看着她。她稍稍地踌躇了一下,将家门钥匙转身递给了淳一,示意他先上楼。

淳一也看到那辆他已经十分熟悉的车了,会意地接过钥匙,先上去了。

13. 朱俐与史大可

刚进餐厅的门，史大可便潇洒地打出了一个响指，服务生随即出现了，躬身问：先生是预先定了座位吗？史大可点点头。

史先生定的。史大可说。

哦，这边请！

举止优雅得体的服务生恭敬地将他们领到一张西式的双人桌前。史大可抢先了一步，很绅士地将朱俐就坐的椅子轻轻地先拉开了一点儿，等朱俐坐下，自己再转回到自己的座位上落定。他抖了抖预先插在桌上玻璃杯里的白色餐巾，擦了擦手。一个服务生轻步走来，递上了热腾腾的毛巾，史大可揩了揩脸，顺手将毛巾扔在了服务生早已准备好的银盘里。

是法餐，史大可微笑着说，上海滩数一数二的法式大餐。

服务员递过了菜单。我不用看了，他头也不回如数家珍地将要点的法式菜轮个说了一遍。

去吧。他对服务生挥了挥手。

这里做的法餐很地道，他很内行地对朱俐说，来过吗？

朱俐惭愧地摇了摇头。

哦，你没来过？那太好了，那你今天可以开开眼界了。史大可得意地说。

他今天着装很讲究，上身是一件普拉达的T恤，下面穿的是一条阿玛尼的西裤，至于皮鞋，锃光瓦亮的新潮款式一望而知也是不可小觑的大牌。

菜单就由我来做主了，史大可接着说，你不会介意吧？我想这样可以有更多的时间留给我们。

哦，没关系，你懂，当然还是你来。朱俐礼貌地笑笑。她觉得坐在这样一种环境里多少有些矜持。

史大可意味深长地看了她一眼，然后露出一个神秘的微笑，从包里拿出一个盒子，递给朱俐：一点小意思，不成敬意。他微笑着说。

谢谢。朱俐接过，看了一眼，包装很精美，一条明黄的小丝带在盒子的上方打出了一个蝴蝶结。她向史大可示意了一下：我能先看看吗？

当然。史大可伸出一只手。

她揭开包装纸，露出了里面的精致的小盒子。她将盒盖轻轻地打开，里面是一块"路易一威登"的时尚手表。

希望你喜欢。史大可讨好地说。

朱俐的心动了一下。她发现这个男人很会选东西，这个品牌及款式都是自己喜欢的，可她认为现在没有理由接受它。

太贵重了！朱俐说，我不能收。

你先告诉我你喜欢吗？史大可盯着她，追问道。

朱俐被难住了，她想了想，没说话。

你的表情已经告诉我了。史大可笑着说。你是喜欢的，那么请你尊重我的心意，它是为你选的，也只有你才配戴它。

朱俐不能再婉拒了，只好轻声地又说了声：谢谢！

我们还需要这么客气吗？史大可话中有话地说：我想，这只是开始，它能见证以后。

朱俐不知道说什么了，只是微微一笑。

香槟送上来了，服务员为二人打开，手托着酒瓶底部的白巾——

斟上。

史大可举起了酒杯。来,他说,我们干一杯。

向晚的夕照尽染着江面,波光潋滟,有几艘货轮拉响了汽笛从窗外缓缓滑过,犹如一幅油画。朱俐看着,有些走神了,她也说不清楚此时此刻自己究竟是一种什么样的心情。

史大可贪婪地欣赏着朱俐,他有些心潮澎湃了:你的脸从侧面看去,真的很美!史大可赞叹道。

受到赞美,朱俐虽然心里很舒坦,但不知为什么又觉得这句赞美之辞听上去有些酸。

你的意思是,如果我坐在你的正面,就得不到这句赞美了?朱俐带着点调侃的意味说,她比刚才放松多了。

哪里哪里。史大可被朱俐的话顶得有些尴尬,急忙掩饰道,应该说会更美。

朱俐听了笑笑。应该说,她与孙立的爱情,曾让她在心理上受到了一次重创,甚至连她的自信心都受到了影响。现在,能受到一个男人的赞美,那颗受伤的心还是能得到些许安慰的。她觉得很需要有一个男人真心地爱她、疼她。现在身边就有这么一位翩翩男士在真心地欣赏她,她莫名地有些感动。

几个服务生鱼贯而入,菜上来了:法式焗蜗牛、海鲜汤、蟹柳沙拉……

哟,别点得太多了,我可不想多吃。朱俐说。

史大可先为朱俐叉了一块蜗牛,刀叉在他的手中运用得娴熟自如。不会,你放心,他说:反正也没事,可以慢慢吃,这里环境也不错。今天你就别惦记着减肥了。

咦，我胖吗？朱俐敏感了。

哪里！史大可温和地笑了，你现在身材正合适，我是说今天你可以放开胃口吃，没事。

朱俐没再说什么了，她发现这个男人很懂女人。

朱俐，我能问你点什么吗？史大可故意显得漫不经心地问了一句。

朱俐抬头看着他，觉得他问得奇怪。有什么不可以的吗？她点了点头说。

哦。史大可似乎显得有些艰难地问：刚才那位先生，呃，那位好像不爱说话的先生，是你的男朋友吗？

怎么？

没什么，只是随便问问。史大可敷衍地说。

主菜上来了，男人上的是小牛排，朱俐配的则是鹅肝。

是我的朋友，朱俐干脆地回答：我回答你了，你也不必那么遮遮掩掩，有话可以直说。

你很坦率。史大可赞叹了一句。

有什么不好吗？

没有没有，史大可慌忙解释。相反，我倒很欣赏。他开始埋头切着牛排，装作若无其事地继续问，其实我知道他是谁。

朱俐感到有些突然：知道？你怎么可能知道？

史大可笑了：当然，那天晚上，你的那些朋友聊天中说的，我理解，你很善良。

朱俐不快地嘟噜了一声：多嘴！

史大可一惊，牛排差点从盘子里蹦出去：你说谁？

朱俐宽慰地一笑：没什么，我是说我的那些好管闲事的朋友。

哦。史大可这下放心了：他们对你很好。你有才华，艺术感觉又好，为什么不找家公司来做？你是千里马，现在需要的只是一个伯乐。伯乐，你明白吗？

朱俐摇头。

只要你不嫌弃，我倒是很愿意充当这么一个角色，史大可接着往下说。你可以来我这，我会给你安排一个很好的位置，怎么样？

哦，太谢谢了。朱俐说，我可不喜欢朝九晚五的上班制，我喜欢自由，这是钱买不来的，你说呢？

也是，像你这种性格坐班可能还真不合适，史大可顺势说了一句：那我就不说了，以后有什么广告策划，我仍然会来找你。

这倒是我愿意做的，朱俐快乐地说。

两人又无话了，只能埋头吃着食物，出现了短暂的沉默。

沉默的气氛让朱俐感到不舒服，她率先开口了：这家餐厅还真不错。

你喜欢就好，史大可笑眯眯地说。

那你平时闲的时候都做些什么？朱俐试图找到一个新的话题，要不然，这样坐着气氛有些尴尬。

哦，史大可说：喜欢找个环境好的咖啡厅喝上一杯咖啡，看看书，晒晒太阳。或者，周末飞海南，打打高尔夫球，顺带到海边走走，换换心情。当然，我还会定期出国旅游一趟。

一个人？

那只是过去，也许从现在起就不会是一个人了！史大可狡黠地接了一句。朱小姐相信一见钟情吗？

我更相信缘分。朱俐说。

可是那天见到你，我就有那种感觉，史大可涎着脸说。他看朱俐没有表示出反对的样子，又接着说，我相信，这也是一种缘分。

朱俐笑了笑，不知道怎么回答。她起身。

对不起，我去趟洗手间。朱俐说。

卫生间显现出与众不同的豪华与高档，散发出一股淡淡的幽香，每一个小部件都尤显品位。朱俐拿出手机，上面有好几个未接来电，其中一个是从亚娜家发出的。她拨过去，没人接；她又开始拨打亚娜手机，还是没有人接听；她想了想，又打给乔真，乔真关机；路菲的电话也没人接。她觉得很奇怪。

洗手的时候，亚娜的电话进来了。

哟，你还活着呀！亚娜在电话里大声地嚷嚷着：我都快绝望了，去哪儿了？把人家淳一一人撂家里。

我打你电话，你怎么不在家？朱俐答非所问地说。

因为我在你家啊。亚娜说，我在这儿无语地坐了半天了，只能和淳一大眼瞪小眼地互相看着，语言又不通，急死我了！她站起身来懒散地伸了伸腰，告诉你吧，路菲不见了。她和乔真吵了一架，她给我打了个电话，一直在哭，结果我去她家找人又不见了。乔真也不知道跑哪儿去了，你说怎么办？

啊！朱俐说：我马上回来，你别动了，等着我。

就这样结束你的第一次约会？喂，我告诉你这些事是不是不合时宜？亚娜调皮地问。

你呀，什么时候都管不住那张嘴。朱俐数落了一声。

朱俐回到餐桌前，没坐下。史大可见她神色不对，不知这么一会儿发生了什么不愉快的事，正想开口问。朱俐先说了：

对不起，我必须走了。一个朋友突然失踪了，我怕出了什么问题，真是抱歉！

哦，这样，史大可显得有些无奈，那我送送你吧。

服务生这时端来了巧克力甜点：您的甜点可以上了吗？

史大可摆了摆手，不耐烦地说：通通打包。

汽车开到朱俐家的楼前了，他先下车替朱俐拉开了车门。朱俐下车。

不好意思！朱俐歉意地说：我不是故意的。

史大可一副善解人意的模样：没关系。接着，将手中精美的打包盒递给朱俐——甜点留着吃吧，希望这一顿晚餐能让你快乐。

谢谢，我很快乐。朱俐说。

史大可凝视着朱俐，目光中流露出一种特别的内容，他拉起朱俐的手，轻轻地抚摸着：别太累。他说。

朱俐的心动了一下，但没流露出来。

14. 守护爱情

朱俐匆匆上楼，用钥匙打开门，刚露出一张脸来，亚娜便从沙发上蹦了起来。

哇！你真回来啦！亚娜大叫了一声。

淳一正在电脑上游动着鼠标修正着什么照片，见朱俐进门，冲她咧嘴一乐。

朱俐将打包盒放在桌上，亚娜看见了法式餐厅的商标。

哟，这顿饭够隆重的耶！都见谁呐，也不汇报汇报？亚娜故意大惊小怪地说。

朱俐顺手将拎着的包往沙发上一扔：你还真有心开玩笑，我们快走吧。

淳一注意到朱俐的表情有异，不知道发生了什么事。他站了起来，紧张地看着她们。

那他呢？亚娜说。

朱俐招呼淳一：嗨，别站着，一块儿去吧。

淳一跟着走了出去。

你觉得乔真能去哪儿？朱俐急切地问。

我也在想，这孩子能去哪儿呢？亚娜皱着眉说。

你比他更了解他的行踪，当然应该知道。朱俐着急地说。

你让我想想好吗？我又不是他肚里的蛔虫，我哪能知道得那么清楚。

她们拦了一辆出租车，坐定，司机回头问：去哪儿？

177

亚娜突然一声大叫，可能在那儿！

那？那是哪儿？

听我的吧，师傅，向右拐，我指路。亚娜兴奋地说。

这是一家装饰颇显豪华的游戏厅，里面十分嘈杂，各种怪异的游戏机发出的巨大的轰鸣声。许多年轻人瞪大了一双发红的眼睛，紧紧盯着游戏机屏幕，神情亢奋地操纵着手中的按键。

亚娜成竹在胸地一个人走在最前面，朱俐和淳一紧紧地跟在后面。

淳一看着两旁玩游戏的人，他不知道这是怎么了，朱俐和亚娜要莫名其妙地跑到这里来找人，而且看上去显得非常着急。发生了什么事呢？淳一心里想。

在一个喧闹的角落里，朱俐终于看到了乔真。他在那里很投入地玩着战争游戏，一副决一死战的架势。她停住了脚步，轻叹了一口气。亚娜还在四处张望，她见朱俐站住了，还拽着她说：喂，快找呀。

朱俐还是没动，直直地站着，目视着前方。亚娜这才顺着她的目光看到了乔真，她也松了一口气。

乔真，亚娜大叫一声，你可太过分了，怎么连手机都不开？我们到处找你知道吗？你倒轻闲，一个人躲在这里玩上电游了，你好意思吗？

乔真不说话，继续玩着电游，有一种咬牙切齿的狠劲。屏幕上，战争的双方正厮杀得难分难解，血肉横飞，金属的撞击声阵阵传来。太吵了。她们只能大声地喊叫，才能让对方听见。

你和路菲到底怎么了？她不见了，听到了吗？朱俐生气地说。你太自私了，万一路菲出点儿事怎么办？

乔真玩电游的双手突然停住了，身子没动弹，停在了那里，像一个呆滞的木偶。只停留了那么一瞬间,他起身了,站在那儿看着她们,冷漠的目光中流露出焦灼和不安。

"帕萨特"发出一阵阵强大的轰鸣声,飞驰在宁静的夜色中。乔真紧紧地握住方向盘,脸上的肌肉绷得紧紧的,像是在和自己较劲儿。

朱俐这时坐在副驾驶的位置上,没说话,但好像有些紧张,因为车速太快了。她只能将右手抬起,握住悬置在车顶上方的把手,她的身子随着车子的颠簸左右晃动着。她知道这种时候不能干预乔真的行为,他需要发泄,他肯定也有他的委屈,一直没有获得释放,现在只能通过这种方式来宣泄了。要理解他,她想。

亚娜和淳一坐在后排。由于车速太快,亚娜有些受不了了,她瞪大一双惊恐的眼睛,终于发出了抗议:乔真,你能不能不这么疯?我怕死啦!

朱俐及时地回头向亚娜晃了晃脑袋,表示由他去吧,别再说了。

亚娜有点儿急了,仿佛觉得大家都跟她过不去。她正想发火,正好看到淳一对她发出的温和的微笑,这微笑中似乎藏着一种让人镇静的力量,再看朱俐,见她也一副镇定自若的样子,直到这时,她才反应过来朱俐为什么要让她安静,她明白了,乔真这个大男孩在和自己赌气呢,过了这阵儿就好了。她伸出手拍拍朱俐的肩,朱俐回头,亚娜指指一脸疯狂的乔真,理解地笑笑。朱俐也笑了,伸出手指戳了亚娜的前额一下:死丫头!

可是我们这是去哪儿呢?亚娜前倾着身子,俯在朱俐的耳边问。

朱俐的手指又压在亚娜微张的嘴唇上,让她不要再说了。跟着走就是,我想乔真知道去哪儿能找到路菲。说完,朱俐对着亚娜眨巴了一下眼。

亚娜会意，开心地笑了。还是你沉得住气，亚娜说。

乔真还是一声不吭地开着他的快车，娴熟地掌控着手中的方向盘。

放心，我还没有糊涂到拿自己和你们的生命冒险。乔真在大家毫无准备的情况下突然开口了。

亚娜高兴了，躬着身，将脑袋伸到乔真的耳朵边，小声地说：乔真，今天才发现你是多么的可爱！

乔真冷不防地猛踩了一脚油门，汽车像只怪兽般的急蹿了出去。亚娜被这突如其来的速度弹射回了座位。她有些惊着了，大声地嚷叫起来，以示抗议。

还觉得我可爱吗？乔真不急不缓地来了一句。

你真坏，乔真，看我下次怎么整治你！亚娜拉长了脸，赌气地说。

朱俐看着她们两人斗嘴，很开心，回头对亚娜小声地说：傻丫头，你真是死脑子，乔真有心逗你，说明他对路菲的气已经消了，这你都看不明白？

哦，是呀！亚娜不好意思地说。

我们不必再担心了，他会带我们找到路菲的，别忘了，他们是一对儿，彼此熟悉对方的生活习性。朱俐说。

哟，朱俐，我怎么发现你今天比谁都聪明呢！

那只是说明你自己笨呗，所以，平时别再自作聪明地耍嘴皮了。乔真冷不防地冒出一句。

嘿，轮得到你现在说我吗？乔真！

我不告诉你，乔真回了一句，脸上的表情明显地松弛了下来。

朱俐乐了，瞧瞧，你们俩一没事又斗上了。

淳一一直安详地看着这一切，沉默着。

车内安静下来了，只有马达发出轰鸣声。朱俐不经意地从后视镜里看到坐在身后的淳一。当她发现淳一也在注视她时，赶紧将眼神移开了。

一行人在乔真的带领下朝滨江大道的码头快步走去。乔真没说话，一个人蒙头向前冲。亚娜和朱俐则在四下里张望。淳一远远地看见乔真朝那边的长凳上独坐的一个女孩儿跑去，他拍拍朱俐的肩膀向那边指了指，朱俐和亚娜朝那边看去。

是路菲！朱俐喊了一声，她们快步奔了过去。

乔真现在就站在凳子的后面，沉着脸，一直望着路菲的背影，似乎不敢前去打扰她，就这么站着，一声不吭地站着。

路菲似乎无所察觉地坐着，仍然一动不动，像一座雕塑。她眺望着辽阔的江面，江风吹乱了她头上的发丝，飘扬了起来，能听到江风吹过水面的呼啸声。

亚娜走过来瞪了乔真一眼，坐到了路菲的身边：路菲，你干吗这样啊！我们到处找你，担心你一个晚上了。

朱俐走过去撞撞乔真的肩膀，乔真仿佛被惊醒了，挪动了一下身子，也坐到旁边的长椅上，拿出一支烟点燃。

路菲开始轻轻地啜泣起来。亚娜上去搂着她，路菲扑在亚娜的怀里哽咽着，眼泪流了下来。

淳一默默地走过去，坐在乔真同一张长椅上。乔真将烟递给他，他摆手不要。

安静。只有江风在轻轻地吹着，有几只海鸥贴着波涛起伏的江面自由地飞翔着,发出"哇哇哇"的鸣叫声。

路菲仍在轻声地啜泣着。

淳一望着她,脸色渐渐地凝重了。他的目光开始望向宽阔的江面,听着江水拍岸的涛声,他又一次地陷入了回忆——

仿佛涛声依旧,但那涛声,在淳一的脑海中逐渐变得汹涌澎湃起来。霎时,如同电影镜头转换一般,沸腾的江水转瞬间变成了惊涛拍岸的大海,层层叠叠的海浪猛烈地撞击着岸边峭立的岩石,发出巨大的爆裂声。

淳一坐在耸立的礁石上,这是他常来的地方。他喜欢在清晨,一个人静静地呆坐在海边,倾听大海的波浪声,望着远方星星点点的帆影从海面上静静地划过,仿佛去追逐东升的旭日。然后,低头画着素描。

阳光穿过云隙,漫溢出一道道金色的光斑,一群群海鸥低空飞翔。

突然,从极远处,出现了一个白色的光影,犹如一道阳光反射出的精灵。它在空中盘旋着,像是在寻找着确定的目标。接着,闪电般地俯冲了下来。

淳一似乎感觉到了什么,仰起脸,灼热的阳光炙烤着他的目光。他伸出一只手,搭在眼帘上,挡住了射来的阳光。逆光中,他看到了那个转换成黑色的光影。他笑了。他知道它是谁了。

"天使"落在了淳一的肩上,在他的肩上昂首阔步地走了几步,还不时地侧过头来看他,发出轻微的"咕噜咕噜"的声音,好像生怕淳一还不知它已来到了他的身边。他放下了手中的画笔和画板,将"天使"捧在手心上,熟练地从它脚上的铜圈中抽出一张小纸条,展开。

那是他的恋人雅子的一封信。

淳一：

　　好久没有你的消息了，你好吗？请你记住，爱，不仅仅意味着拥有，还要懂得守护，期待你的消息。

雅子

淳一又拿起了画笔，在未完成的画上添加了几笔。"天使"仍在他的身边徘徊，现在行走在岩石上了，仍发出"咕噜咕噜"的声音，像是在等待着新的使命。他看了它一眼，反应过来了。

你真急！淳一笑着对"天使"说，不能等我一会儿吗？

淳一在一张纸上匆匆写下了几个字：

雅子：

　　"小白"带来了你的信，很高兴。我很好，就是太忙，忙到都没工夫给你写信了，请原谅。

淳一

淳一将信小心翼翼地放进"天使"的铜圈里，亲吻了它一下，将它放飞了。鸽子腾空而起，箭一般插向蔚蓝的天空，淳一低下头，继续沉浸在他的创作中。

淳一仍在眺望着远方，仿佛那里有什么东西在吸引着他。他自言自语地说：我不知道你们之间正发生着什么故事，但我爱你们。他的目光又落到了路菲的身上，就像是要嘱托她什么似的又继续说道：如果有人爱你，为你伤心落泪，为你担忧牵挂，这是一件很幸福的事情，因为那是爱情。要懂得珍惜和守护，朋友，如果错过一次美好，很可能就会错过你一生的幸福，请不要轻易地放弃！

乔真听不懂，朱俐和亚娜都不懂，但淳一的神情吸引了她们。只有路菲听懂了，她停止了哭泣，站了起来。她走到淳一面前，郑重地向他点了点头，轻声地说：谢谢你，淳一，真的谢谢你！

路菲转过身，她没有看向乔真，而是面对着仍然在注视着她的朱俐和亚娜，一字一句将淳一刚才的话翻译了出来。她的声音这时变得幽婉深情，脸上看不出太多的表情，但能让人感觉到她的激动。

如果有人喜欢你，为你伤心落泪，这是件幸福的事情，因为那是爱情。要懂得珍惜和守护，朋友，如果错过一次美好，很可能就会错过你一生的幸福，请不要轻易地放弃！路菲在用中文复述着淳一刚才说过的话。

说完，路菲突然捂着脸大声地哭了起来。她的哭声在风中飘荡着，传出了很远很远。

朱俐蓦然间觉得自己心口很难受，上前一步，将路菲搂了过来。路菲伏在她的胸前，抽泣着，身子一抖一抖地抽搐着。朱俐的眼泪也控制不住地流了下来。

乔真慢慢地站起来，看着路菲和朱俐，他什么也说不出来。半响，突然对着辽阔的江面，放开嗓子大声地喊叫着：

路菲，我爱你！

淳一的身体微微一振。他似乎听懂了。

路菲从朱俐怀里挣脱出来，也面对着轻风吹拂下的江面，大声地呼唤着：乔真，我爱你！

我爱你！乔真看着路菲说。

我爱你！路菲也看着乔真说。

亚娜一直没说话，这时激动地说了一句：我爱你们！

朱俐也热泪盈眶地对大家说：我爱你们！

路菲转换成日语，看着淳一：我爱你们！

淳一感慨万端地望着他们，再一次眺望着辽阔的江水，心潮澎湃。他听懂了他们的声音，知道他们彼此在为爱情发出自己的心声。

淳一喃喃低语道：雅子，你在哪里？

江边重复着他们的呼喊，像潮汐一般汹涌起伏。

15. 为什么没有幸福的感觉?

外面飘着霏霏细雨,滴滴答答的雨声传达着润物细无声的意味。朱俐坐在窗前,背倚着墙边,手里拿着一支铅笔,胡乱地写着什么。看得出她对自己写下来的东西太不满意了,随意地划了两笔,皱着眉心瞅上几眼,又涂抹掉;再换上一张白纸,接着再写,还是不满意。最后,一生气,将白纸扔在了一边,站起,趴在窗台上,干脆欣赏起淅淅沥沥的小雨来了,眉宇间,锁上了一层淡淡的愁云。

她听到手机"嘟"地响了一声,返过身向沙发扑去,她的手机扔那儿了。走过淳一身边时,发现他在苹果电脑上鼓捣着什么。她不经意地扫了一眼,只注意到上面勾勒出了一些图案,但究竟是什么没太留意。

她拿起手机,点开一看,是史大可的短信:好吗?很想你。

她拿着手机犹豫了一会儿,在想是不是要回。点击了两个字,又删除,还是将手机放下了。她去了咖啡机边上。

咖啡?她举起咖啡杯,向淳一示意。

淳一抬头,用生硬的中文回答:谢——谢。

朱俐点点头,操作起咖啡机,屋子里开始弥漫出一股浓郁的香气。

咖啡好了,她斟上两杯,走过去端给淳一一杯,自己回到窗边,双肘支在窗台上,闭上了眼睛,微仰起脸,仿佛在深深地吮吸着雨中清新的空气。

门铃响,她回头看,起身去开门,是亚娜。

今天没有出去啊?她一进门就学着用日语对淳一说:早安!

淳一也用不太标准的中文回答她:你——好!

不错吗！亚娜愉快地对朱俐做出一副滑稽的表情：昨天请你吃饭的那位怎么样了，没下文？

朱俐乐了，拿出手机，把刚才的短信调出给她看。

亚娜一笑：我想知道的是——你怎么回复的？

我吗？不着急。

吊吊味口？亚娜问。她走到窗前，看着外面飘飞的细雨。

今天——亚娜从口袋里抽出几张请柬，天气不错，好像很适合约人。然后颇有意味地看着朱俐。

淳一注意看了她们两人一眼，目光很快又回到自己的电脑上。

朱俐会意，笑着点了点亚娜的额头：我就知道你在想什么，你真坏！

亚娜乐，歪着脖子，俏皮地说：我坏吗？这不也是你在想的吗？快约人吧，别折磨自己啦。

朱俐沉默了一会儿，想着，又抬起下颔，向淳一的方向点了点。

亚娜更乐了。朱俐，你不会装傻吧？我拿这几张请柬干什么使的，不就是方便你约人吗？本来是想约你们俩一块去看美展，鲁健没空，现在看来你也没空了。她诡秘地眨眨眼：淳一你就交给我吧，你赶快约你的人，至于约谁，那是你的事，反正我给你们倒出空来，我好吧？

朱俐没说话，但看得出来，她默许了亚娜的安排。

亚娜走过去，拍拍淳一，示意他跟她走。淳一不解，坐着没动，抬眼望着她。亚娜又做了一个诡秘的表情，悄悄地指了指仍在深思中的朱俐，伸出两个手指交叉了一下，意思是朱俐有约会。淳一懂了，"哦"了一声，关上了电脑，起身，跟着亚娜向门口走去。

他们出门了。亚娜先行一步，拦了一辆出租，她和淳一上车了。

朱俐看着窗外,一直看着出租车消失在濛濛的细雨中,然后拿出手机,回了一个信息:见一面?

她看了一眼手中的表,是史大可送她的那块,她还是显得有些心神不定。

亚娜陪着淳一进了美术馆。今天是西方几位印象派及抽象派画家的画展,画风或粗犷凌厉,或乖戾夸张,极具个性。淳一饶有兴致地看着,看得很仔细,人也显得颇为兴奋,不时地还拿出一个小本子自己照着描上几笔。

亚娜只是粗略地扫上一眼,她并不太懂画,但她对绘画有兴趣。她喜欢的是其中的色块,以及由诸多的色块组合成的图案和形象,这些能让她产生许多丰富的联想。她自己都觉得这些莫名其妙的联想颇为怪异,就像她有时在梦境中遭遇过的情景。

她看了一下表,时间还早。看画展的人不是太多,整个大厅显得很安静,人们说话都是悄声细语的。美术馆就是有一种看不见的威慑力,只要你走进去,就会有一种无形的力量在制约着你,让你在这样的一种环境中产生对艺术的敬意,就如同在参加一个仪式,这也是她喜欢看画展的原因之一。

她一边看着,一边想象着朱俐。她约到那位追求者吗?好像这是不用说的,那人太主动了,朱俐一招唤还不颠儿颠儿的就出现了?所谓召之即来。可是朱俐真的会爱上他吗?她不敢肯定。

回身,她见淳一仍停留在一幅画前,聚精会神地看着。她从淳一的侧面看去,觉得他很像在一部日本偶像剧中见过的明星。当然那不可能是他,只是觉得挺像。那种神情,那种腼腆的微笑,还有脸部骨骼棱角鲜明的感觉，当然还有他那敏感而又善良的眼神。他长得真酷！她想。可惜是一个日本人，可惜他已有了恋人，否则他还倒真是适合朱俐的。

想到这儿，她情不自禁地笑了。都胡思乱想些什么呀！她在责怪自己，但她真的觉得淳一是一个难得的好男人。

她停留在一幅印象派的画作前，画面上似乎是一对男女的裸体，很夸张，身形显得过于臃肿肥大。他们的身体扭曲着纠缠在一起，充斥着画面，给人以一种奇特的感受。

这就是画家眼中的男人、女人之间的关系吗？为什么是这样？他想告诉我们什么？她在心底发出一连串的追问。她看不太懂，很想问问淳一。她知道淳一是画画儿的，虽然是漫画，但也是相通的呀，可是她们之间的语言却不通，问了也白搭。

她向淳一所在的方向看去。淳一还在看着画，神情肃穆专注。他好像还很"乖"。她想。

亚娜带着淳一走后，朱俐便来到了穿衣镜前，拿出化妆盒、粉底、眉笔，对着镜子上一点淡妆，重点是描了描眼睑，让它染上一抹看不太明显的暗影，这会让她的眼睛显得更加的突出和妩媚，但不能刻意，一旦刻意就毁了。她不喜欢那种浓妆艳抹的女人，觉得那样太做作，不施粉黛是她欣赏的风格。但前一阵子的失恋毁得她实在不轻，她知道自己的脸色不好，她希望今天在别人看来自己是精神的，她并不是生活得很仔细的人，平时总是大大咧咧的，她就是这种性格。

她将屋子简单地收拾了一下，其实也不用怎么整理，淳一的生活习惯总是那么的细致，每天早上起来他便会顺手将沙发收起，所有的东西放归原位，一切都被归整得井井有条，她也可以不需要再做什么了。

可是不行,她必须还得做点儿什么。她觉察到自己的心在跳,这是怎么了?时间在这一刻变得有些难捱,她便随心所欲地动了起来。将敞开的挂帘拉上了一点儿,略微遮了遮斜射进来的阳光。她喜欢现在屋里的光线,不很明亮,但绝不过于幽暗,正好,有一丝小小的暧昧。一想到暧昧,她感觉自己的脸开始发烫。

她又换上了一件看上去休闲但不失优雅的便服,在镜子前照了照,还算满意。准备停当了,回到了桌前,打开电脑,胡乱地在网上荡秋千般地游走了一番,完全属于漫无目的地瞎逛,那是为了消耗剩余的时间。

"天使"在窗下踯躅着,发出"咕咕"声,她起身来到窗前,喂了它一点儿食。这屋里,现在除了我就是你了,你将会看到什么呢?她也不知这是在问鸽子,还是在问自己!

门铃响了。

在这一瞬间朱俐发现自己有些激动了,她很快强迫自己镇定下来,稳了稳神,走过去开门。

史大可站在门外,手里仍捧着一束鲜花,脸上若隐若现地挂着颇含意味的微笑,目光闪烁。

朱俐突然有些不自在起来,接过鲜花,略显慌张地说:进来吧。

史大可进来了。朱俐向花瓶走去,她能听到背后传来的关门声,身体不受控制地微微抖动了一下。紧接着,她听到了那背后的脚步声在向自己悄然迫近。

她装作什么反应都没有,可是不行,身体在不自觉地颤抖。

刚刚将鲜花插进花瓶,还没等转身,朱俐就觉出了背后史大可的贴近。她静立不动。史大可离她更近了,她能清晰地感觉到从他嘴里发出的粗重的喘息声和他身上散发出的香水味,今天这个香水的味道真好,有一种被诱惑的感觉。她的身体不由自主地抖得更厉害了。

她想推开他。她猛地转过身来,正想张口说些什么,可还没等她开口,史大可一把搂住了她。她本能地想挣脱,可发现是那样的柔弱无力,身体好像一点儿力气都没有了。

史大可开始吻她,最初是温柔的。她还在本能地抗拒,扭着脸,躲避着史大可贴近自己的嘴。这时的史大可突然发起狠来,他将朱俐紧紧地揽在怀里,狂吻起来,如急风暴雨般吻着。这突如其来的吻迅速席卷了她,将她淹没。

朱俐还在剧烈地抵抗着,在史大可的怀里拼命挣扎。她也不知道为什么要挣扎,就觉得内心有一种东西堵得她很难受,要宣泄出去。最后她终于屈服了,眼中突然涌出了热泪。

她感到了内心的孤寂。她发现这时候很需要有人爱,而且是狠狠地爱她……

淳一和亚娜已经从美术馆走出来了。淳一顺手拿出地图看了看,又四下里寻找着公共汽车站牌。他看到之后,便向那个方向走去。亚娜拉住他,指了指马路另一边的咖啡馆。

咖啡?淳一问。

咖啡,亚娜回答,现在时间还早,我们不能回去。

淳一笑了。这是他的习惯,没听懂对方说什么,就会发出一个孩子般腼腆的微笑。

亚娜不管不顾地拉着他向咖啡馆走去。

咖啡馆的风格有一种老上海的味道,里面都是欧式的桌椅,墙上贴满了三四十年代的招贴画,以及当年的电影剧照。淳一很好奇,目不转睛地看着,看得很仔细。亚娜去柜台买好了咖啡,端了过来,找了一张桌子坐下。她见淳一还在入迷地看着,便起身,来到他的身边,拍拍他的肩膀。淳一回头,她指了指咖啡,让他过去坐。

哦,真好!淳一指着招贴画说,伸出了大姆指,一脸的钦佩与赞赏。

我们上海这种东西多着呢!亚娜不以为然地说。

噢?

走吧。亚娜拉上淳一,去了落定的位置。

淳一端起咖啡抿了一口。

好喝吗?亚娜看着他,自己也试了一口。

哦,好,好!他很高兴。

两人无所事事地待着,一会儿就没话了。因为彼此根本无法用语言交流,只好干坐着。

喇叭里传出另一首老上海的情歌,似乎是周璇演唱的,声音尖嫩、哀婉。由于录音的年代久远,磁带里传出暗哑的沙沙声,凭添了一股浓郁的怀旧味道。那沙沙声,仿佛向人们暗示着往昔岁月的蹑足而来,又是一种对记忆的诗意催眠。

淳一顺手从小挎包里拿出铅笔和几张白纸,低下头快速地在画着什么。

你要画画了?我能看看吗?

亚娜起身想过来看看淳一画了些什么,她现在确实感到无聊了。

哦,你看那边——淳一微笑着挡住她,手中的铅笔向右方示意着,然后自己的脑袋也往一边撇,他想让亚娜明白。

你要画我？亚娜问。见淳一频频点头，她高兴地"啊"了一声，朝着淳一示意地方向侧过脸去。

淳一竖起铅笔，眯缝着一只眼睛，瞄着她，凝定地看了一会儿，开始低头画了起来。一边画，还不时抬起头看亚娜一眼，神情专注。

终于画完了，淳一像个孩子似的天真地笑了起来。他的笑让亚娜都不好意思了。

你画完了？

淳一还是笑，点点头。

亚娜伸出手：给我看看。

淳一不放心地又将手中的速写打量了一眼，觉得还算满意，递了过去。

亚娜迫不及待地从他手中接过来，看着，大乐。淳一笔下的自己一副调皮的模样，画得极为生动。只是寥寥数笔，自己的模样便跃然纸上，她的神情和脸部线条被准确地勾勒出来了。

他真厉害，亚娜想。

可爱！亚娜满意地说。

淳一不懂她说什么，脸上是问号。

我是在说你真可爱。

淳一假装懂得，点了点头。

史大可从门洞里走了出来，打开了车门，上了他的那辆"保时捷"吉普，又回头看了一眼朱俐的窗户。朱俐正倚在窗边看着他，看不出什么表情，史大可心满意足地笑笑，向她挥了一下手。上车，拧开引擎，车随即发出一声呼啸，远去了。

亚娜正等着司机找钱。淳一看见了史大可,赶紧将目光移开。亚娜也看见了,她发现回来的时间还是有点儿早。她本是为了带着淳一避开史大可的,可她怎么也没想到史大可待得时间这么长。但她还是假装什么也没看见。

她悄悄地观察了一下淳一的表情,淳一这时的目光看着别处。她放心了,觉得还好,没有让朱俐"穿帮",心里松了一口气。

两人下了出租车,亚娜下意识地向朱俐的窗口望去。

迷离的细雨已经停歇了。朱俐坐在窗前,她慵懒地点燃了一支烟,脸上还笼罩着一片红晕。这时她发现自己的心情杂乱无章,一时还理不出头绪。她觉出内心的空洞。她原以为史大可的到来,能为她阴郁的内心带来些许的阳光和抚慰,现在看来是徒劳的。当她与他结束时,她才发现自己的内心依然是孤寂的,而且更加地孤寂。她开始后悔了。

女人有时会盲目地去做一些事情,但等这件事情终结时,才会发现这并不是她真正想要的,甚至开始沮丧和懊恼,她现在就是这样。

这是怎么了?她问自己,为什么没有幸福的感觉?

淳一和亚娜上了楼梯。亚娜心里还有些忐忑。淳一步履明显地也在放慢。他们都各有心思。

朱俐开了门,脸上是平静的表情,但红晕尚未完全褪去。亚娜悄悄地观察她,淳一则若无其事地笑笑,径直进了屋。

亚娜故意要调节气氛,调皮地问:哎,怎么样,今天?

还能怎么样?凑合呗。朱俐瞪了她一眼说。

亚娜不相信地耸耸鼻翼:别骗我,你的表情骗不了我。

淳一这里又坐在电脑前了,熟练地操作着电脑,仿佛她们所谈论的一切都与他无关。

我的表情怎么啦？朱俐有些紧张地问。

还要我说吗？亚娜诡秘一笑：你比谁都更清楚，自己照照镜子看看去，嘿嘿。

朱俐佯怒道：死丫头，就你事儿多。脸更红了，为了掩饰，掉头看向淳一，他玩得开心吗？

我办事你还不放心？开心着呢。

她们都在看着淳一。

你也是，让你的那位在这儿待这么长时间，差一点儿就和我们撞上了，好险！

他看到了吗？朱俐向淳一努努嘴问。

好像没有。请注意，我用的是"好像"。

无所谓啦！朱俐叹了一口气。

真的无所谓？亚娜明知故问。

朱俐看了亚娜一眼，想说些什么，但没说，目光又移开了，眉宇间笼着一层淡淡的忧郁。

你怎么了？亚娜发现朱俐并不太开心。

哦，没什么，朱俐说。

淳一仍在操作着电脑，好像什么也没听见。

16. 神奇的广告创意

朱俐醒来，睁眼看去，见淳一正在悄无声息地整理着自己的空间。他走路都是蹑手蹑脚的，就像一个可爱的木偶，生怕弄出动静来会惊动了熟睡中的朱俐。

朱俐坐起，回了一下神，站了起来。

淳一看见朱俐醒来了，很抱歉地摊摊手，意思是我打扰你了。朱俐摇头。

我起晚了，跟你没关系。她说。

她走进浴室洗完澡，开始照着镜子刷牙、洗脸，然后给自己又上了一点儿淡妆，上了一点儿粉底。她发现自己这一段时间开始讲究起来了。

淳一蹲在窗台下喂鸽子。鸽子走得更加稳当了，偶尔还会鼓动一下受伤的翅膀，但仍然无法腾飞起来，它翅膀上的伤还没完全痊愈。

朱俐开始坐在电脑前，她又进入了痛苦的思考——一则创意广告片。淳一抱着鸽子从她面前走过，好奇地扫了一眼。

朱俐大叫一声：不准看。

淳一笑笑走开了。他刚才只是无意中瞥了一眼，因为他发现朱俐坐在那里的表情颇为痛苦，他不知道在朱俐身上发生了什么，否则他是不会去看上一眼的，但朱俐发出的那一声大叫，让他不好意思了。他觉得自己未经主人同意，悄悄地偷看的确不好。但就在那一眼中，他好像明白朱俐为什么痛苦了。

朱俐还在电脑前痛苦地思索。淳一回到窗前，双脚伸直坐在窗户底下。阳光照射了进来，如清泉般地泼洒在了他的身上，勾画出一个轮廓鲜明的剪影。他低头画着什么，一边画，一边抬头瞄着朱俐。朱俐一点儿也没注意到，她沉浸在自己的构思中。

淳一仍在画着，他在速写工作中的朱俐，他觉得凝思中的朱俐有一种特别动人的味道，想用自己的笔记录下来。

朱俐和淳一走在街道上，手中拎着刚从超市买回的东西。半路上，淳一的袋子突然被物品撑破了，东西洒落一地。朱俐大笑，淳一不知所措地尴尬着。

没事儿，朱俐说，我只是觉得好玩。朱俐觉得自己笑得太过分了，因为淳一是一个过于敏感的男人。

她弯下腰拣起散落一地的物品，淳一也蹲下了身，两人一块拣着。剩下最后一大盒酸奶了，两人同时伸出手去拿，手和手碰到了一起。这是一个意外，但他们彼此都感受到一丝异样的东西，几乎不约而同地看了对方一眼。淳一的眼神充满尴尬，而朱俐眼中则飘过了一丝羞涩。他们的手在酸奶盒上做了一个短暂的停顿，只是那么一瞬间，又分开了。现在，酸奶盒在淳一的手里。

走吧。朱俐突然冷冷地撂下一句，自顾自地走了。

淳一没明白朱俐为什么蓦然间就不高兴了，闷闷地跟在她后头。

正走着，朱俐的电话铃响起。她接了，来电的是史大可，他在电话中问：有时间见一面吗？朱俐不假思索地回答：没时间。说完就把电话挂断了。没多久电话又响了，朱俐知道还是史大可打的，看着显示，犹豫了一会儿，还是接了。

你怎么了，不高兴了吗？

哦，没有，在想事。朱俐说。

那好,等你有心情时我们再见。史大可说,他主动将电话挂了。

嘿,你竟敢挂我的电话!朱俐的眼睛瞪圆了,忿忿地咕哝了一句,又将电话回拨了过去,没人接,她更生气了。

淳一在关切地打量着她。

你走你的,看什么看?朱俐没好气地说。她匆匆地先走了。走了一会儿,又觉得不合适,怅然地站住了,回头见淳一还在紧跟着自己,拎着东西,一副小心谨慎的样子。

见她在看他,淳一咧开嘴笑笑。朱俐苦笑了,她这时觉得,有淳一在身边,会给她带来许多意想不到的安慰。她觉得这种感觉太怪了。他又不是我的男朋友!她在想。

你除了会笑,还会有什么其他的表示吗?朱俐问。

什么?

我知道你会回答"什么"!告诉你,没什么,走吧。

她又带头走了。弄得淳一一头雾水,他觉得这个女孩儿的性格太喜怒无常了。

朱俐端坐在电脑前,看着自己刚刚完成的作品,淳一则习惯性地坐在窗下,捧着一本书看,看得很投入。"天使"在他跟前昂首阔步地来回走着,偶尔发出几声"咕咕"的叫声。

朱俐回头看了看淳一,想了想,端着电脑过去坐在了他旁边,把电脑捧到他面前,开始播放电脑上的故事板。

故事很时尚,讲的是一个女人在城市里寻找自己喜欢的味道,很容易看出是一则关于香水的广告。淳一看着,一开始没说话。

好吗?朱俐问。

淳一拿出一个小本子，在上面写了两个字：

广告？

广告。朱俐点头。

哦。淳一的脸上浮现出思考的表情。

怎么？朱俐问，她也拿过淳一的小本子，写上了几个字：不好吗？

淳一没有表示。

朱俐又写：明天。她又做出一个要上交的手势。

淳一又"哦"了一声，点头，好像明白了朱俐表达的意思。

淳一对她的设计没有表达出她期待中的热情，这让朱俐开始怀疑自己的设计理念了，她把电脑拿到自己桌前继续修正。淳一的目光投向电视机，电视里正在上演一场足球赛。

时钟指向十一点半。

朱俐还坐在桌前，又看了一遍自己做的故事板，还是没有感觉。

淳一洗澡出来，朱俐转身看着他。

朱俐用手比划着说：如果是你，会怎么画？

淳一看着她，还在擦着自己湿漉漉的头发。

朱俐摇摇头：哎，问了也白问。

朱俐又转过身去。

淳一过来，看了她电脑一眼：还不睡？他做出一个睡觉的动作。朱俐摇摇头，一副痛苦的表情，她指了指电脑。

你先睡吧，她说。

淳一上了他的沙发床，将帘子轻轻拉上，身影隐没在帘子中了。朱俐呆坐着，脑子一片混沌，面对电脑一筹莫展。她觉得不能再这样僵持下去了，得干点儿别的让自己轻松下来，她的压力实在太大了。

她突然想起一件事,从电脑中调出不同人的照片,也学着淳一合成相片,将自己的照片和曾经认识的男士们一个个合成上去——鲁健、乔真、孙立、史大可……

到史大可时,她停顿了一会儿,又多拼凑了几张,歪着脖子看去,发现没感觉,她摇了摇头。删掉。

最后是淳一了。当她把淳一与自己合成上去后,两个人站在一起的感觉让她感到了震惊,忽然有了一种莫名的紧张和心跳,连她自己也感到了错愕,她立马关掉了电脑。

电脑屏幕现在是黑屏,她仍在那里怔怔地坐着,发现自己现在的思绪纷乱无序。没有一丝动静,他好像睡着了。她回头看了一眼那个垂下的布帘——

她起身走了过去,轻轻掀开帘子的一角。淳一没睡,仰卧着,拿着笔和纸在画着什么,听到动静后向她看来。朱俐突然感到一阵窘迫,就像在做什么坏事,被人当场拿下。

哦……晚安!朱俐慌乱地说。

淳一坐了起来,用生硬的中文回答:晚安!

哦,你别起,我没事。朱俐掩饰地说。她放下了帘子,关上了电灯。

现在房间沉没在一片黑暗中了,只有路灯反射出些许的微亮。朱俐一动不动地站着,心在不安分地"怦怦"跳动。

她去睡了,没一会儿就睡着了。在梦中,她看到一个穿着一身白西服的男人,面目很模糊,在向她招手。她很奇怪,想看清他的面孔,可是他的脸隐在暗影中,看不清。她正想离去,忽然听到那人在喊她的名字,声音听起来很熟悉。是谁?她向他走去。那人又远了一点,她更好奇了,加快了脚步。

可每当她要接近他一点儿时,他都会神奇般地远去一些。她突然觉得这个男人身上的味道是她所需要的,这味道在强烈地诱惑她。她开始跑起来了,那个人忽然不见了,宛如一股清烟般地消失了。她怅然地站住,这时才明白那人是谁,大叫了一声——淳一!

万籁俱寂。淳一翻身起来了,蹑手蹑脚地来到书桌前,轻轻地将朱俐的电脑捧在了手中,又偷偷地看了一眼朱俐。她还在沉沉的梦中。淳一又回到了布帘里,调出朱俐的故事板,看了一会儿。突然听到朱俐在喊他,声音在寂静的夜晚听上去很大,他吓了一跳,赶紧掀开布帘看去。

朱俐还在安详地睡着,那一声呼唤是在梦中发出的。他呆了一下,眼神里掠过一丝微妙的内容,放下了布帘,又开始在电脑上工作。

晨光熹微,闹钟的铃声大作,朱俐被惊醒了。她先睁开眼愣了愣,又赶紧爬起来,将闹钟一把按住。铃声霎时停止了尖锐的吵闹。朱俐的手还按在闹钟上不动,她紧张地看向淳一睡的方向,见没有动静,松了一口气。她不想吵醒他,悄无声息地起了床,走到淳一的布帘前,稍稍犹豫一下,轻轻拉开,熟睡的淳一像一个孩子似的蜷缩着身子,面容安详。朱俐笑了一下,拉上布帘,开始洗漱、打扮——做出门前的准备,显然,出门要做的事对于她关系重大。

客户陆续都到了,看到朱俐风姿飒爽地走进来,亚娜冲她挤挤眼,做出了一个十分默契的表情。朱俐没有更多的表示,她心里还是不够踏实,她在尽力控制自己的情绪。她不想让别人看出她此时此刻的不安,哪怕是好朋友亚娜。

前面几个比稿的作者都讲述了自己的创意,他们的方案都挺不错,快轮到朱俐,她心里在打鼓。

朱俐强作镇静地打开存在电脑桌面的文件,她想再重看一遍,可突然愣住了,这根本不是她原本准备好的策划方案。

这一下子让她有些手足无措,她慌了,看向亚娜。

亚娜也注意到了她的表情变化,赶紧摆手示意她无论如何也要镇定,不能慌乱。

朱俐挺了挺胸,像是在给自己打气似的,然后镇静下来,低下头看这个在她完全不知晓的情况下突然冒出的文件。她的目光很快被吸引了,让她欲罢不能。

这是一个关于爱情的故事。一个男人,在四处寻找着突然失踪的女友,找了很久,终于失望了。有一天回家,偶然看到了女友失踪前最爱用的香水,灵机一动,又开始了重新的寻找。终于,凭借着香水的味道,他在茫茫的人海中找到了自己的女友。女友微笑着告诉他,这是她有意安排的一个爱情游戏,她就是想看看,自己的男友是否知道"爱情的味道"。

这款香水的名字就叫做"爱情的味道",所以广告的主题阐述都是用生动有趣的素描来表现的。

会议主持人问:朱小姐,是不是你也谈谈你的创意?

亚娜紧张地看着朱俐,她还在为朱俐悬着心呢。可现在的朱俐却显得镇定自若了。

朱俐从容不迫地谈起了这个她刚刚才知道的创意。

与会者都在聚精会神地听着,从反应上能看出他们的欣赏和赞叹。

亚娜张大了嘴。朱俐现在的表现着实把她惊着了,她万万没有想到刚才还在惊慌失措的朱俐,为什么一下子又变得如此的淡定、从容?

朱俐继续滔滔不绝地说着,不时用投影来加以阐述。

听到敲门声，淳一连忙过去开门，他知道这是朱俐回来了。

朱俐走进来，看都没看淳一一眼，故意做出一副沮丧表情，将电脑往桌上一扔，然后走到淳一面前，很严肃地盯着他看。

淳一吓坏了，目光惊惧，嘴唇嗫嚅着：

我……唔……对不起……

朱俐从容地打开电脑，调出那个策划方案。

是你设计的吗？朱俐指着电脑，声调透着严厉。

这个……我……淳一慌乱中变得有些结结巴巴。

朱俐忽然发出一阵大笑，上前抱住淳一，用日语连连对他说：谢谢！谢谢！

淳一的眼睛登时瞪大了。朱俐的情绪变化又一次让他措手不及。

门铃响。朱俐过去开门。

亚娜、路菲和乔真冲了进来，搂着朱俐高兴地说：恭喜！

亚娜快乐地大声宣布：今晚是我们的庆功大派对！

淳一傻了一样看着发疯般的他们。

其实你们要恭喜的不是我。朱俐说。

什么意思？乔真问。

路菲，你去告诉淳一，我感谢他，是他的设计让我赢得了这份荣誉，我真不知道该用什么语言来表达我的感激！朱俐说。

路菲有些不明白，一脸困惑。你就这么对他说，他懂。朱俐补充了一句。

路菲似懂非懂地对淳一说了。淳一刚才还在紧张中的那副表情开始松弛了下来，他认真地听着，露出了笑容。

17. 朱俐与淳一的内心隐忧

大家有说有笑地走出了楼门。乔真先看见了史大可站在楼下,身边停放着那辆显眼的"保时捷"吉普。他身子倚靠在车门上,手里标志性地夹着一根粗大的雪茄,目光紧紧盯着刚出现的朱俐。

乔真碰了碰还没注意到史大可的朱俐,意味深长地说:我先去开车,你们等着。至于朱俐吗,我的车肯定也坐不下了,我看你会有更好的选择。至于去哪儿,一会儿我们电话中商量。说完,对朱俐挤挤眼风。

朱俐一开始没明白乔真的意思,正要反驳,随即看见了史大可。

史大可微笑着向朱俐招手,朱俐走了过去。她上车的时候,回过头,看了一眼还站在路边发愣的淳一。

史大可关好朱俐这边的车门,然后甩掉手中没有燃尽的雪茄,自己也上了车,他看着朱俐动情地笑了一下。朱俐回笑,但笑得有些勉强。史大可趁势想吻朱俐,朱俐的脑袋往边上歪了一下,史大可没够着。

怎么?

没什么。朱俐淡淡地回应。

你好像情绪不太好。

朱俐没回答,目光看向窗外。

淳一在亚娜的招呼下上车了。

史大可伸手过来拉住朱俐的手,朱俐这一次没动。

旁视镜里,乔真的车开了出来,越过她们,一溜烟地消失了。

史大可的车也启动了。

他们都在鲁健所在的酒吧聚齐了。因为不是周末,酒吧里的人不多,鲁健也没有太多的事。她们聚在一个靠窗的角落里,凑满了一大桌子人,欢天喜地大声地嚷嚷着,互相逗着趣,开着玩笑,然后在乔真的倡议下,举起了手中的香槟,一饮而尽。

他们坐的位置依次是乔真、路菲一边,朱俐、史大可坐另一侧;亚娜连接起两个半圆,她的旁边则是鲁健、淳一。

桌上还有没吃完的晚餐,鲁健让服务生收拾了,空出了桌面。乔真拿出一副崭新的扑克牌,鲁健拿出一个盒子,给每个人分发一张纸。乔真则从扑克牌中选出六张牌面黑色的扑克和一张红心Q,一一摆在桌面上——请先摸到这张红心Q的先抽纸条喽!他仰起脖子嚷了一声。

路菲跟淳一用日语翻译说:在纸上写下你想知道的问题,但前提是,这个问题必须是关于爱情的。我们玩游戏,谁要是输了,就从盒子里抽出一道题,必须回答。如果回答大家不满意,就要惩罚。

淳一点头,"哦"了一声。他开始紧张了,因为他还弄不清楚这是一种什么游戏,但客随主便,他也只能跟着大家一块儿凑这个热闹。他开始埋头写下自己的问题。

大家把问题放进盒子,第一轮开始,乔真将扑克牌放在嘴边,用双唇的力量吸住传给下一位,依次传开。乔真给路菲,路菲给淳一,淳一给朱俐,朱俐给史大可,史大可给亚娜,亚娜传给鲁健时,乔真开始故意捣乱,一通"吱哇"乱叫,吓唬鲁健。

鲁健上当了,一没留神,唇上的扑克牌掉了。他无奈地摇摇头,想要赖,乔真率先反对,大家也跟着起哄。他躲不过去了,只好硬着头皮伸手进去拿出一张纸,打开。

鲁健看了一会儿,伸了伸舌头:这是谁写的?这么缺德,不行,换一张。

所有人都坚决反对，逼他念出，鲁健咬了咬牙，只好一字一句地念：说说你第一次恋爱时是几岁，在什么地方，和谁？

鲁健为难地看着纸条，又抬头求救般地望向众人，大家都不说话，等着。鲁健又看了一眼亚娜。亚娜鼓励地向他笑笑，意思在说没关系，你说吧，我不在意。

鲁健把红心Q往桌上"啪"地一放，鼓足了勇气说了一句：和大学同学。

鲁健似乎又想起了什么，闭嘴不说了。

乔真带领大家向他发动攻势，坚决不依不饶，逼他进一步说出。

鲁健被逼无奈，愧疚般地看了一眼亚娜。亚娜不动声色地看着他。他开始挠头，极其困难地挤出一句话：晚上，在校园操场上。

大家开始欢呼。进入第二轮了，这次传到第二圈时在乔真和路菲之间掉了，路菲伸手去抽题。

她打开纸条，念道：年龄差距最大的恋人是多少岁，在什么时候交往过？

路菲从容回答：我的初恋，高中体育老师。比我大十八岁。

哇，你这是早恋！亚娜大声嚷道。

鲁健开玩笑地说：看来恋爱就该宜早不宜迟，这是路菲的启示！

看来这位伟大的男士很值得我嫉妒！乔真不无醋意地感叹，又转脸对路菲说：什么时候带我去见见这位你的伟大"初恋"？

路菲搂了一下乔真：你真是一个大笨蛋！轻轻拍了一下他的脸。

第三轮继续，技术都熟练了一些，但扑克牌传到淳一和朱俐之间的时候滑落了。他们几乎接了一个吻，嘴唇对着嘴唇，大家都笑起来了。

淳一脸红了,惶恐地看着大家。

亚娜高兴地大喊大叫:不行,你们两个都要罚!

淳一看着大家,从箱子里抽出一个问题,拿给了路菲。

路菲展开,先对大家说:和上一个女友是怎么分开的?说完,又用日语告诉淳一。

大家鼓掌,表示这个问题抽得太妙了,他们本来就对淳一的过去充满了好奇,这下可好,他必须回答了。只有朱俐没有跟着起哄,她在悄悄地观察淳一。

忽然安静了,大家在等待着淳一的回答。

淳一的思绪,就在这时如同"天使"一般地展开了翅膀,飞升在遥远的天穹。他沉浸在那个消失的岁月之流中,仿佛在这一瞬之间看到了他熟悉的雅子。她沐浴在灿烂的阳光下,在给他写信——

初升的太阳妩媚地悬挂在天际,微风轻拂,雅子趴在桌上写信,阳光如水银般地泼洒在她的身上,勾勒出一道耀眼的美丽的倩影。她还在写着,而站在她的桌前的那只听话的小白鸽,似乎知道接下来要接受的使命,现在就已经跃跃欲飞了。

淳一,你可能一直在好奇,为什么在这个信息资讯极端发达的网络时代,我还那么固执地坚持要用这种古老的方式与你通信?"小白"是我们爱情的信使,我一直深信,没有任何方式能承载我对你的爱。虽然现代的信息传递方式能迅捷地将信函送抵,但速度并不能说明一切。爱情是永存心中的一种信念,它不能用廉价的时间来计算,所以我喜欢让"小白"一次次地带去我的问候以及我的思念和诚挚的爱——

雅子将信放进鸽子脚上的铜圈里,双手托起,放飞——鸽子腾空而起,在空中转了一圈,雅子仰头看着它。它渐渐地飞远了,溶化在了蓝天中。

雅子幸福地笑了。

鸽子落在了北海道一户人家的窗前,"咕咕"地叫着。这时的淳一正在工作,听到他所熟悉的"咕咕"声。抬头,看到了鸽子,他欣喜地跑过来,站在窗前,捧起鸽子,迫不及待地抽出铜圈里的信,他看着:

我想告诉你,我就是想用这种人类最古老的传递信息的方式,来表达我的心愿。因为,我相信在这种方式中所喻示的几近消亡的历史和传统,我相信永恒和爱,"小白"会是它的见证。淳一君,你能理解吗?

淳一的目光渐渐湿润了,他沉浸在忧伤的回忆中:因为辜负。他喃喃自语地说了一句。

淳一的神情让大家感受到一种遽然而至的沉重,也更激发了所有在场的人的好奇。

亚娜迫不及待地问:路菲,他刚才说了什么?你快告诉我们。

路菲也被淳一的沉重所感染,但她没完全明白淳一所表述的意思。对不起,她说,我没完全听懂你在说什么?你能再说一遍吗?

我和雅子住在不同的城市里,淳一缓缓地说,平时难得一见,我们之间的交流大多都是由"小白"帮我们完成的,雅子珍惜这种方式。说着,淳一停顿了一下,目光开始望着虚空——是我忽略了对于爱情的守护。过去,一直以为我是因为太忙,没有时间……

路菲快速地翻译着,有些吃力,只能断断续续地译出点儿意思,但不完整。

朱俐很认真地听着,神情凝重。她也迫切地想要了解淳一都说了些什么,这个一直盘桓在她心中的"传奇",始终是一个谜。

"小白"就是你们所说的"天使",那只被朱俐救助的鸽子。

当淳一嘴里发出"天使"的音节时,朱俐被震撼了一下。她似乎明白了鸽子与淳一、雅子之间的故事,她感到隐隐的激动。

路菲继续翻译着,大家竖起耳朵安静地听着。

他说的是什么意思?我怎么没明白呢?乔真不解地问。

我知道淳一在说什么了。朱俐说,他在说,"天使"是淳一与恋人之间的信使,他们一直在用这种最古老的方式,传递着爱的讯息。

路菲赞叹地拍起了手:哇塞,朱俐,你超牛!对、对,他好像说的是这个意思,刚才我也没完全听懂,你这一说,倒把我说明白了。

不可思议的爱情,我太感动了!亚娜沉静地说了一句,与平时的嘻嘻哈哈判若两人。

乔真还是不满足,又问:但我还是很想知道,淳一又是怎么和他的女友分开的?

路菲赞许地点点头。这也是她想知道的,她快速地向淳一翻译着。

路菲,朱俐截住了她,你不用再问了,这会伤了淳一的,其实刚才他已经说过了。

咦,说过吗?亚娜纳闷。

刚才他是不是说过因为太忙,忽略了对爱情的守护?朱俐反问了一句。

没错，路菲说，好像是说了这个意思。

这就是原因了，朱俐说，还用再问吗？

我还是不太明白……亚娜仍在不解中。

拥有并不代表就因此有了爱情，它还需要守护……朱俐望着淳一，自言自语地说。

哎哟，怎么听起来超深奥呵？亚娜惊叹了一声。

时间会让我们慢慢明白的，朱俐说。

好啦，咱们不再纠缠淳一的爱情了，乔真说：我们今天应当让他快乐，他是朱俐今天之所以成功的功臣，打住。现在，朱俐，该你抽了。

朱俐从沉思中回过神儿来，随意地抽了一道题。打开，还没等看一眼，大家齐刷刷的目光一齐盯向了她。

你们这么看着我干吗？朱俐诧异地问。

念！大家异口同声地说。

朱俐开始念字条：最近一次是在什么时候，跟谁，在什么地方？她无奈地笑了一下：很久没有啦！最近一次？她摆摆手，装傻道，真想不起来啦，好几个月以前的事了。

史大可看着朱俐，开始有些按捺不住的兴奋和雀跃。亚娜看出了点名堂，看了眼淳一。淳一没有任何表情，呆呆地坐着。

亚娜装作开玩笑地故意折腾朱俐，大声说：不行，不行，没有通过，大家同意吗？

又是异口同声：严重同意！

为什么？朱俐瞪大了眼睛不快地问。

亚娜冲着她挤挤眼：要问我吗？你当然比我更知道为了什么？

没错，亚娜好样的。乔真也兴奋了。

轮得到你夸我吗？亚娜顶了乔真一句，朱俐，别扫大家的兴，快说吧。

朱俐沉吟了一会儿。我刚才已经回答啦。她还在负隅顽抗。

亚娜急了，大叫：鲁健，你们说这个算不算？

鲁健没有说话，只是抿着嘴乐。

那好吧，亚娜又说，大家表决，觉得朱俐说了真心话的有几个？

除了朱俐自己和淳一没举手，史大可则在犹犹豫豫。路菲看了一眼尴尬中的朱俐，本来也要举起手为她解套，但被亚娜使眼色拦下了。

你们说怎么办吧，朱俐无计可施了。

要罚，亚娜说：你和淳一一起跳个舞，鲁健，你给个曲子！

路菲坐着给淳一翻译，淳一要躲，被亚娜冲上去，拉住。

朱俐毫不犹豫地站起来，只要不让她再说什么，受任何惩罚她都愿意，这是她现在的想法。跳就跳。她说。

鲁健去吧台，放了一首柔和的舞曲。朱俐和淳一站在中间面积不大的舞池里，大家看着他们。先集体给了一阵掌声鼓励，亚娜大叫。

和着音乐，朱俐上前搂住淳一的腰，淳一一开始还有些不好意思，因为是在众目睽睽之下，所以保持着一定的身体距离。

乔真将双手卷成了一个喇叭筒，站在桌上大声喊道：嗨，抱得紧点，没你们这样的！

朱俐主动将淳一的手往自己这边送了送，将自己的脸贴向他的下颚，做给大家看。

舞池外传出一阵欢呼和喧嚣声，气氛更加热烈。

淳一搂着朱俐，可是脑海中霎时闪过从前同雅子在一起的生活片段,她的身高和在他身边的朱俐差不多。朱俐也感到一丝异样,她觉得自己的心脏在微跳。她只能看着自己搭在淳一肩膀上的手指,她不太敢再正视淳一的目光了。

亚娜站起来,冲着她们大喊:要眼神交流。路菲对淳一改用日语翻译了一声。

史大可的脸色阴沉了下来。

朱俐抬头望着淳一,突然看到他好像眼眶濡湿了,自己的心,那一瞬也被什么东西所触动,赶紧埋下头来。

史大可看着他们两人,极力掩饰自己内心的郁闷,假装附合着大家的情绪在欢笑,但笑得十分勉强。

舞曲结束了,一片哄闹声中,朱俐、淳一回到原来的座位。

又开始新的一轮。这次是亚娜了,她抽出一道题。

亚娜念:说出你现在喜欢的人的名字。她大方地放下纸条,镇静地问大家,是说我现在喜欢的人的名字吗?

当然,朱俐很快接一句:你要是不愿意回答也行,我已经想好怎么惩罚你了!

那你恐怕要失望了,亚娜忽然地大声宣布道:鲁健!

因为突然,大家一开始都有些慌神,就连鲁健本人,都有些愣。很快明白过来了,大家开始鼓掌欢呼。

朱俐向亚娜赞叹了一声。乔真上前重重地拍了拍鲁健的肩膀,鲁健感激地看着亚娜,目光有些潮湿。

好极了,乔真说,现在玩的真是有点儿意思了,继续,咱们继续啊。革命尚未成功,同志仍须努力!

亚娜要继续开始,将牌嘴对嘴地传给鲁健,鲁健因为太紧张了,几次都没接住。大家都安静下来了，都在偷偷地窃笑。亚娜低下头，把扑克牌塞给鲁健，装着站起来要走。鲁健突然伸出手将她拉住了。亚娜撒娇似的坐在他的身上，冲着他莞然一笑，然后在他的脸上当众亲吻了一下。大家又一阵起哄，鲁健闹了一个大红脸，亚娜倒是一副无所畏惧的样子。

乔真拿过那张扑克牌，还是我来开头吧。他说。

这次轮到的是史大可。他不慌不忙地抽出一道题，打开，飞快地扫了一眼，在念之前看了看朱俐：

最近一次是在什么时候，跟谁，在什么地方。史大可故作优雅地放下纸条，带着一丝报复的快意，颇有些炫耀地问：非要说吗？

除了朱俐，大家齐声应答：说。

朱俐趁人不备，向他拼命摆手，示意他千万不要说出来。

史大可装作视而不见，示威般地盯着淳一：上一次嘛是在几天前……他故意不说了。

快说呀，在哪儿？除了亚娜，几乎所有的人都在催促他。史大可仍在卖着关子，得意地扫视了周围一圈。朱俐在紧张地望着他，她希望史大可为她保留一点面子，那是他们之间的私情，她不愿意成为别人口中的谈资。

然而史大可还是慢悠悠地开口说了：和朱俐，在她家。

尽管大家都有这份预感，但仍然将目光转向了朱俐。

淳一不明白为什么突然间鸦雀无声了，而且大家目光都在看着朱俐。他不合时宜地问起路菲：怎么了，发生什么事啦？

路菲也不知该如何回答，结结巴巴地说：这个……他在说……哦……没什么。

亚娜盯了路菲一眼。没有人说话，更安静了。她竭力想打破这种沉闷的气氛，嬉笑着说：好吧，就让你过吧。接着来……

朱俐突然站起了身。对不起，她说，我先走了！她不管不顾地转身冲出了门。

路菲、亚娜都喊了一声：嘿，朱俐！她们赶紧追到门口。

淳一一看气氛不对，脸上略显不安，也要跟着朱俐出去。他知道出事了，但不知道出的是什么事。他对路菲说：我跟她去吧，可能是我不好。

路菲摇头：不是的，你不懂，淳一，你不会明白。

淳一没说话，快步走了。

剩下来的人都愣住了，大家坐在那儿面面相觑，都看向史大可。史大可对大家笑笑，虽然尴尬，还要做出一副无所谓的样子。看着没有人理他了，自觉无趣，站起来，拍拍衣服：对不起，他说，我也先走了，我去陪陪朱俐，她现在好像身边需要一个人。

乔真猛地站了起来，将他使劲地摁在了椅子上说：但她现在不需要你这种人。你坐下，别动！

史大可为自己倒了一杯香槟，一口喝下。

淳一追着朱俐。她在前面跑，泪流满面。

朱俐拐过一个街角，忽然不见了。淳一站在路口，四处张望。十字路口的红灯、绿灯来回变了好几次，他转回身时才发现朱俐坐在身后的电话亭里。

淳一走到电话亭前，敲了敲。

朱俐抬头看了他一眼，无力地说：你走吧！不要管我！

对不起，是我不好。淳一说。

朱俐背过身去。

对不起，是我影响了大家的情绪。

朱俐没有说话，还是背对着他，又一次流泪了。淳一也不知道该怎么办了，只是站在外面。他显得很无奈。

暮色沉沉，他们静静地里外站着。

朱俐不知不觉地睡过去了，待她醒来，才知道自己是哭着睡着了，仍坐在电话亭里，推门却发现外面坐着淳一。他没睡，瞪大了眼睛守护着她，她的心里掠过一丝温暖。

微风吹过，吹散了她蓬松的头发，她用手理了理，将眼角的泪痕擦去。

她拉起坐在地上的淳一，有点愧疚。

女孩儿就是这样，遇到事儿了，哭一阵就好了。让你操心了，对不起！朱俐说。

淳一见她平静下来了，笑了。真安静，他说，晚上真安静！

一辆洒水车无声且缓慢地从街面上滑过，两翼蝴蝶展翅般地喷洒出水柱，在灯光的映照下，泛出一道银亮的光线。他们闻到了一股清新湿润的味道。朱俐觉得心情一下子开阔了起来。

走吧，她说。

18. 没有兑现的聚会

朱俐凌晨醒来，发现自己睡不着了，脑子里一片杂乱。她想起了酒吧里的情景，很奇怪自己为什么那一刻反应得那么激烈？为什么？仅仅是因为史大可说出了他们两人之间曾经发生过的事吗？在座的都是朋友，即使他们还不清楚她与史大可的关系发展到哪一步了，迟早有一天也会知道的，那她为什么那么失态地匆匆离去了呢？是自己对于这一选择还在犹豫吗？或者那次的"发生"仅仅是一次内心过于孤独后的自我排遣和发泄？

她觉得可能是有些反应过度了，神经兮兮的。自从离开孙立后，她就发现自己变得有些神经质，对什么都开始高度敏感。是不自信了吗？这让她恐怖。她原本不是这样的，从来都是一个大大咧咧的女孩儿，朋友们甚至说她身上有男孩子的脾性。也许。可是现在这一切都在自己身上消失了吗？她应当是一个我行我素、极端自我的人呀！

她起身去了洗手间，经过淳一床前的布帘时，发现上面贴了几张他画的漫画，她停下了脚步。

屋子里的光线很微弱。还好，晚上回来时因为太累窗帘居然没拉上，可以透过清朗的月色依稀看见淳一都画了些什么。一共五幅，她一一看过：有默默流泪的她，痛哭流涕的她，微笑的她，最后是仰脸大笑的她和做出怪样的她。这是她表情的各种形态，画上的她生动顽皮、惟妙惟肖。

朱俐掩着嘴"扑哧"一声笑了。平时看上去有些木讷老实的淳一，其实藏着高度的观察力，从他捕捉自己表情的笔触中就能窥见到独属于他的那份敏感。他真的是太可爱了，而且更让她想不到的是，从画中能清晰地感受到淳一骨子里的那份俏皮、纯真和稚气，还有浪漫和智慧。显然，他这么挂在这儿，就是为了让她看了高兴。从这点来看，淳一是很细心的一个男人。她将这些画小心地拆了下来。

她无声地撩开了布帘。月光无声无息地溜了进来，映照出淳一熟睡的脸。他双目紧闭，两手叠放在胸前，一副安详沉静的模样。她蓦然间发现自己的心在不自觉地"怦怦怦"地跳动着，不由一阵慌乱。她迅速地将布帘放下，好像生怕他突然睁开眼，窥见了自己内心的秘密一般。

从卫生间出来，她没有直接上床，而是踮着脚尖去桌上拿了电脑，然后坐在窗下，借着月色打开。她要上网。

上着网，朱俐才发现淳一真是聪明，难怪没事他就会坐在窗下的地板上，伸直两条脚，一副惬意享受的样子。这里确实别有一番情致，感觉很特别，很舒适，又有一份潇洒的随意。

我怎么住了这么久就没发现坐在这里好玩呢？她自问了一句。

她照着名片在 Google 上查找日本国淳一的名字，很快看到了他的简历。是日文与英文对照。她当然看不懂日文，但英文还过得去，更何况还有中英文辞典可以帮忙。

淳一果然是日本有名的漫画家。朱俐忽然看见他的生日是 6 月 26 日，就在几天后，她的心一动。

她起身拉开写字台的抽屉，看到那封被翻译过的寄往日本给淳一的信，沉思了一下，抬头看着那只鸽子。

她回到床上躺下，发现自己的心情渐渐平静了下来。

第二天睁开眼，朱俐就听到了浴室里传出的"哗啦啦"的流水声。

她知道淳一醒了，正在洗澡。她也坐了起来，给自己和淳一煮了一杯咖啡，烤了几个面包片。

淳一洗完澡出来时，脸上还冒着热气，头发湿漉漉的，看来他晚上睡得很不错，容光焕发的样子，人显得很精神。他看到她发出一个灿烂的微笑。早上好！他用中文说道，这是他跟着朱俐学的。朱俐将煮好的咖啡和面包片递给他，也说了一声：早上好！他接过：谢谢。还是中文。这些简单的中文发音他已经学会了。

那是你画的？

朱俐指着她昨晚看到的漫画问。她当然知道这是明知故问，可她就是想问，也不知道为什么。

淳一看了她手指的画，不好意思地点点头。好吗？你的表情——淳一开始做出朱俐的各种表情，哭丧的脸、快乐的脸……他学得很生动，让人忍俊不禁。朱俐乐了。

你觉得像我吗？朱俐指着自己的胸口问。

哦？当然。淳一肯定地说，接着又说：我只想逗你开心，你昨天心情不好，很不好。他连说带比划地告诉朱俐，他们每次对话都是用这样的方式，好像他们也习惯了，甚至能听懂对方的意思了。

我喜欢你现在这个样子。他认真地说，学着朱俐做出一副安静的模样。但以后千万不要这样了，他又挤出一副痛苦不堪的表情：不好。他强调说。

朱俐让他来到电话机前，她说我教你，你要跟着我学，好吗？淳一点头，他其实并不知道朱俐究竟想干什么。朱俐开始教他，并顺手打开了电话录音：

你——好——朱俐说。

你——好——淳一跟着学。

这——是——朱——俐——家。

这——是——朱——俐——家。淳一重复。

朱俐纠正他：是——家。

淳一：是——家。

朱俐扑哧乐了：家！

淳一高度紧张：家。

朱俐：主——人——不——在——家。

淳一：主——人……他突然忘词了，不好意思地摆摆手，求救般地望着朱俐。

没关系，再来。朱俐鼓励他：不——在——家。

不——在——家……

有——事——请——留——言……

有——事……

朱俐再纠正：事。

事。淳一学着，他的舌头听上去显得有些大，发音吃力。

行了，就这样吧。说着，朱俐将录好的声音放给淳一听。

电话录音里清晰地传出淳一带着浓重鼻音的留言，淳一趴在桌上认真听着，就像一位听话的学生在聆听老师的授课，神情可爱。

窗下，鸽子咕咕叫着。它在笼子里来回走动着，看起来，身上的伤基本痊愈了。

朋友们又聚在了一起，这次是朱俐主动召集的，朱俐定的仍是韩国料理。

乔真、路菲坐一边，淳一、朱俐坐一边，鲁健和亚娜坐一边。他们已经成双成对了，从神情上看，鲁健和亚娜的关系已经很有点儿眉目了。

看着大家陆续到齐了，朱俐先举起了手中的杯子。

为我那天的失态，在朋友面前我道歉，我先罚自己一杯。说着，朱俐仰着脖子"咕嘟咕嘟"一口喝干了杯中酒。那天我让大家扫兴了。她又说。

不用啦！乔真说，你那天能有失态挺好的，他笑着说，我还真从没见过你的睫毛膏哭黑眼睛的样子呢。

亚娜大笑：朱俐，你知道吗？那天我们全傻了，没想到你会反应得那么激烈，不就是玩儿吗？过去你并不是这样的呀？

好啦好啦，路菲说，我们不说那天行吗？都过去了，来，为了我们大家的快乐，干一杯。她站起身，举起了杯：为了快乐！

烧烤上来了。

路菲环顾了一下朋友们说：我后天又要走了，她说，又用日语对淳一说了一遍。

咦，路菲，你不是还有几天休假吗？为什么这么快又要走？

单位有个同事突然生病了，我得去顶几天。路菲说。

一直沉默的淳一这时冷不丁地站了起来，他先对路菲说：很对不起，我这次来中国给你们添了很多麻烦，如果可以的话，明晚，我来做一顿日本料理，在座的各位赏脸都来参加，可以吗？

路菲高兴地点头，她转述给大家：淳一说，明天他要给大家做日本料理，对大家表示感谢。

朱俐没说话，看着淳一，她隐隐地觉得这是淳一告别前的安排，心中有些不舍。

乔真与亚娜快乐地向淳一碰杯，表示他们非常高兴听到淳一有这样的安排。淳一倒不好意思了。

朱俐的手机在响，她拿起，看了一眼。是史大可。她皱皱眉，没接。

史大可拿着手机，在等着朱俐接他的电话，可是一直没人接。他又打了一次，还是徒劳的，于是开始改变策略，往朱俐家拨电话。

电话响了，他抱着期待的心情等着。突然电话里传出让他感到陌生的"嘟"的一声，他一怔，接着又传出一个陌生男人的声音，他以为没留神挂错了电话，看了一眼号码。没错呀！再听，电话中传出的中文发音是混浊而又迟钝的，他明白了，是朱俐故意让淳一录下的留言。

她为什么要这样做？是针对着我而来的吗？他心里罩上了一片阴云。

他何尝不知朱俐是因了那天的酒吧聚会，但那一次之所以要那么"开诚布公"，是因为他隐约地感觉到了朱俐的内心。这个女孩儿似乎对淳一有种说不上来的感觉，这一感觉刺激了他，让他坐在众人面前不舒服。他很清楚，他说出那一"事实"时是有意为之的。他就是想在大家面前亮出属于他与朱俐之间的"秘密"，而且他承认，他就是想刺激一下朱俐，想看看她的真实反应。因为他那天所做出的一切都是在游戏规则内的，这就为他的这一"选择"提供了最好的掩护和借口。

但他没想到朱俐会有那么大的反应，这反应让他措手不及，即使想补救也为时已晚。于是他镇定自若地等着看事态的发展，结果朱俐跑出去了，淳一也跟着出去了，这让他非常恼火。他没想到自己反而弄巧成拙，但他在那样一种情景下是不能够再有什么作为的，他不想让自己显得过于失态，他清楚要钓到自己想要的大鱼只能耐心等待，伺机而动。

现在，朱俐没接他的电话，这也是在意料之中。他清楚地知道朱俐和淳一之间不可能发生什么"故事"，因为他从朱俐朋友口中已经了解到了淳一的背景，和他出现在中国的真实原因。而且，看上去淳一是一个诚实而又本分的男人，所以关键还是要拢住朱俐那颗游移不定的心。他觉得自己有信心将这位难以驯服的"公主"捕获到手，只要他有足够的手段和智慧，能够投其所好。

他有主意了。

购物超市里人很多，货架上摆满了各式各样的食品，琳琅满目。淳一推着购物车，朱俐在一旁跟着。因为这一次是由淳一做主，她倒成了配角，所以她只能无所事事地随着他转悠。

淳一在冷藏货架上选着自己看中的东西，小车里已经装了一些了：紫菜、培根、鸡蛋、生鱼片、芥末等等。淳一选着纳豆，在斟酌比较两个品种。这时，转由朱俐推着车子，旁边有小孩经过，她把车子挪了一下位置。

在不远处的货架边，戴着墨镜的史大可出现了，他默默地在一旁观察着他们的一举一动。朱俐没看见他，她的注意力全在选货上了，她很好奇淳一要选些什么东西来张罗他那顿丰盛的日式晚餐。

淳一拿起两种包装的食品给朱俐看，朱俐看了一下保质期，选了一盒顺手扔入小车内。

他们又来到了新鲜蔬菜区，淳一选着蔬菜。史大可在水果区看着他们的背影。

购物车里已经堆满了东西。淳一拿出自己拟定的单子，上面划去了好多物品的名称,还剩下几样。他们过了佐料区,又进入食品区。

史大可仍然跟随,这时朱俐察觉到了背后的动静,回头看了一眼,史大可闪到了一边。她没看见,但觉得奇怪,为什么总感到有一双眼睛在盯着她呢?随后,她又无所谓地推着小车前行。

收银台结账时,朱俐看见了史大可正迎面走来。她装作视而不见。

谢谢!收银台小姐说,一共是五百二十一元五毛。

淳一看了一下显示器上的数字,拿出信用卡。朱俐拦住,自己要掏钱,淳一不同意,就在这时,几张百元人民币放在柜台上了。

还是我来吧,史大可说着将递过来的百元大钞推给收银小姐。

淳一一看是史大可,客气地对他点头微笑,有些惊讶。他想不到他会在这里出现,但他还是坚定地要收银小姐刷他的信用卡。

拿着,史大可冷冷地对收银小姐说:别收他的,收我的。

收银小姐不知道他们中间究竟发生了什么,愣着,不知道该收谁的。背后有人排队,传出不耐烦的催促声。

淳一已将信用卡塞到了收银小姐的手中,他坚定地看着收银小姐,目光炯炯。

收银小姐收了,结款。朱俐拽着淳一推车走人。

史大可跟着购物车快步赶上。淳一在朱俐的另一边,他在观察朱俐,感觉出她的情绪不对。

朱俐,朱俐,史大可说,那天是我不好,我也不知道那天你怎么会这么在意,不就是玩儿吗?我觉得,你也知道……

朱俐让淳一换到她另一侧,拦住史大可,史大可从另一边又绕了过来。

我觉得我们应当诚实,大家都是朋友嘛。史大可继续说。

朱俐突然停下脚步,愠怒地看着他:诚实?你真的仅仅是为了你的诚实吗?

史大可:是啊,你知道的,而且那也是游戏规则。

我不知道,我也不这么认为。朱俐斩钉截铁地说。

他们走出了超市。天上下起了迷蒙的小雨,朱俐执意站在路边,要扬手拦出租车。

还是我送你吧。史大可说。

不用。朱俐冷着脸说。

你看,下雨了。史大可说。

我喜欢淋雨,跟你没关系。

淳一拦住了一辆出租车,开始从购物车里把东西拿出来,往车上放。

史大可眼看着朱俐就要上车走了,上前一步,拦住朱俐:朱俐,你听我说……

朱俐看都不看地说:让开。

朱俐拉开了车门,准备侧身上车,史大可发狠地上去拽住她,朱俐开始挣扎。

淳一看见了,几步上前拉开,用身子挡在史大可和朱俐之间,拼命摆手,示意不要这样。史大可恼怒之极,狠狠地瞪视着淳一。

史大可突然发出一声大叫:你他妈是谁?我们的事跟你有关系吗?你说?

说着说着史大可激动了,他揪住了淳一的衣襟,将他一把拎到胸前,警告般地:你是个混蛋,你知道吗,所有的事都是因为你?

淳一终于被激怒了,猛地一把推开了史大可。

史大可在毫无防备的情况下仰身倒在了出租车上。他被淳一的神情吓住了。淳一面无表情地望着他，稍过了一会儿，歉疚般地鞠了一躬。可就在他向史大可鞠躬的那一刹那，史大可吓了一哆嗦，赶紧躲。他以为淳一又要出击了。

淳一护着朱俐要上出租车。可他没想到朱俐也轻推了他一把。

谁要你帮忙的？朱俐不高兴地说：我们的事和你有关系吗？我又不是你的女朋友，多管闲事！

淳一愣了，虽然他不知道朱俐嘴里都说了些什么，但从朱俐的表情上知道她在生气。他茫然无措地看着她。

史大可看明白了，整理了一下凌乱的衣服和头发，走过来，向淳一点了点头：对不起。

淳一见状也急忙鞠躬，更加迷惑了。

史大可从上衣口袋里拿出一个半开的信封，交给朱俐。朱俐犹豫了一下，接过，打开，愣住了——信封里是一张飞往法国巴黎的机票。她很清楚这意味着什么，这是她没有想到的。她抬起头看着史大可，四目相对，目光里的内容很是复杂。

淳一在一旁莫名其妙地看着，彻底傻了，他不明白他们之间究竟怎么回事。一会儿怒目相视，一会又和风细雨，就像这里的天气一样让人捉摸不透。反正也琢磨不明白，他先自灰溜溜地钻进了出租车，留着敞开的车门，故意将目光看着别处。

朱俐也要上车了，史大可将嘴贴到朱俐耳边，悄声地说了一声：我想你。

出租车开走，留下史大可一人站在纷飞的雨中。

出租车里，朱俐打开信封，里面是一张后天飞巴黎的往返机票。她望着窗外朦胧的景色和飘逝的雨丝，有些恍惚，回头再看淳一，发现他身上、头发都淋湿了。

对不起！朱俐轻声说。

淳一摇摇头。他没有看朱俐，目光呆滞地看着出租车前窗的雨刷，它在缓慢地移动着，一上一下，划过玻璃发出粗粝的磨擦声。

朱俐推开门，侧过身子，让淳一将一大堆塑料袋运送进来。

两人头发衣服都是湿的，淳一把东西堆放在厨房里，开始分门别类地整理。朱俐从洗手间拿出两条浴巾，一条自己用，一条送到淳一面前。

淳一接过浴巾，说了一声：谢谢！他站起身擦着头上的雨水。朱俐也擦着，看着淳一，他又蹲下身子。她转身去打开了冰箱，拿出两罐可乐，将其中的一罐递给淳一，自己则靠在橱柜边猛喝了一口。她让淳一先歇口气，不忙着整理。淳一停下手中的活儿，又一次站起身，朱俐帮他将易拉罐可乐拉开封口，淳一接过，也喝了一口，喘了一口粗气。

他们两人头上都盖着一条大浴巾，无言地靠在橱柜边。

谢谢！朱俐忽然觉得这样待着太无趣了，用日语对淳一说了一声。

与此同时，两人之间突然有一种说不上来的拘谨。朱俐先感觉到了，她试图打破这种拘谨。她发现淳一的头发根本没有认真擦到，伸手帮他去擦，淳一本能地闪了一下。两人挨得很近，目光在这一瞬间对视上了。朱俐蓦然间感到了一种莫名的慌乱，停住了，手僵在那儿。淳一赶紧将目光移开，"喔"了一声，蹲下了身，装作继续整理买来的食品。

电话铃响了。这使他们终于找到了摆脱尴尬的理由。

朱俐拿起电话,"喂"了一声。

是路菲打来的。你们干吗呢?电话中,路菲问。

刚从超市回来。朱俐说,今天不是说好了在我家大餐吗?淳一已经忙上了。

哦,亲爱的,路菲说:今天突然有个航班要我提前过去,我们晚上可能不行了。

什么?淳一和我买了好多菜呢!朱俐不高兴地说。

我知道的。路菲急忙解释,但是乔真要送我,他也没有办法来了。亚娜这时悄没声息地待在路菲边上,摆着手指着自己,嘴角一直在忍不住地要笑出声来。路菲紧张地给她打着手势。哦,亚娜病了,今天天气不好,可能感冒了,她也来不了啦!她看了亚娜一眼,亚娜笑着点头。

你们这样太不讲信用了吧。朱俐快快地说:淳一昨晚还准备了好久的菜谱。

那你让淳一接电话,我跟他说说吧。路菲说。

朱俐招呼淳一接电话,淳一过来了,有些纳闷。他接了。

喂?

对不起,淳一,路菲说,我今天必须去东京的公司总部,不能来吃饭了,乔真要送我,亚娜又病了,看来今天真是抱歉,麻烦你了,准备了这么多好吃东西,看来我们是没口福了。

真是很遗憾,没关系,没关系。淳一客气地说。

那,真的抱歉了。

希望你一切顺利!

谢谢,淳一!我也祝你一切顺利!那,就这样,再见啦!

再见!

挂上电话，淳一和朱俐两人看着厨房里已经堆放的一大堆蔬菜和食品，面面相觑，不知道该怎么处理了。

两人只好将刚从超市买回的东西一件一件拿过来放冰箱，他们的这种合作已经有了相当的默契。朱俐拿出来，淳一往冰箱里放。淳一处理完了，走过来，站在朱俐旁边看她整理塑料袋。

朱俐按照以往的惯例拿出两袋方便面，在淳一面前抖了抖。淳一笑着摇摇头，将它们又放进橱柜，指了指贴在橱柜上的那张日文菜单。

乔真、路菲都聚在亚娜家里，当路菲放下电话后，她们开始大笑。刚才她们憋得时间太久了，现在终于可以尽情地欢笑了。这是她们几个商量好做出的"诡计"，把时间留给朱俐，让她和淳一有一个属于他们的时间好好地在一起吃顿可口的晚餐。在这样一种时刻，最好让她们静静地待着，别人不要去打扰，他们也预感到淳一不久就要离去了。

她们开心地笑着，打出"V"的手势。

我有时喜欢这种灰蒙蒙的雨天，亚娜感叹地说：心里会有一种湿润的感觉，觉得好像会发生点儿什么令我惊喜的故事，就在这个小雨中！

他们几个人趴在窗台上，欣赏着稀稀落落的雨丝，听着屋檐上传来的"滴滴答答"的雨声。涓涓细流顺着檐槽形成了一道透明的雨帘，淅淅沥沥地落了下来，远处的街景看上去朦胧而又富有诗意。

窗外的小雨没有歇息的意思，仍在下着。

有人按门铃，亚娜转身跑过去开门，她知道是鲁健来了。

鲁健进门，手里拎着打包好的食物。

这是怎么回事？不是说好了去朱俐家吃吗？淳一招待我们吃日本料理呀，火急火燎地让我们买外卖干什么？鲁健问。

亚娜指指窗外,在这样的雨天里,你觉得我们还应该去打扰他们吗?她扮了一个鬼脸。

你说朱俐和淳一?鲁健不解地问。

那还有谁?

鲁健摇摇头:我没明白,你们的意思是——

乔真嬉皮笑脸地过来,拍拍鲁健的肩膀:没见朱俐那天很反常吗?里面有情况,朱俐再不抓紧点,我看淳一也快要走了,人走了再着急可真没辙了。

鲁健还是有些糊涂:不懂,淳一是有恋人的,朱俐也有一人在死盯着,你们这不是捣乱吗?

亚娜不屑地耸耸鼻翼:那位史大可?就冲着他那副德性,饶了我吧,我看还是淳一靠点儿谱。

你们呀,也别为人家朱俐瞎操心了,路菲嚷嚷上了:还不定会发生什么呢!鲁健,你都买啥了?

鲁健笑笑,打开塑料袋,里面各式打包的外卖应有尽有。

路菲虚张声势地说:呵,还是鲁健知道照顾人,一个难得的好男人,亚娜有福气!

亚娜打了路菲一下,:多嘴!拿餐具去!

你什么意思?乔真瞪大了眼睛抗议道,我就不是好男人吗?

众人大笑。

19. 五轮真弓的歌声

天黑了。

淳一按照原定的菜单,准备好了日式的蟹柳沙拉、鳗鱼寿司、生鱼片、海鲜汤……朱俐坐在窗前看着鸽子,听着细雨的滴答声。看淳一在厨房上上下下地忙碌,朱俐走过去要瞅一眼,淳一让她不要看。

朱俐笑笑:好吧,我不看。

她又走到电视前,打开,没什么有意思的频道。她像个机器人似的不停换台,扫了一遍,什么收获都没有。她忽然想起什么,翻开抽屉,里面有一张日剧《悠长的假期》,拿出来,放进了DVD机。

淳一突然听见了熟悉的日文歌,惊讶地转过头来,跑过来看,他发出一声惊呼:哦,我们的日本剧!

我喜欢这部剧,朱俐说,他们几个人的爱情让我好感动。她像个小女生似的津津有味地看着。

淳一回到了厨房。没想到她有这么天真可爱的一面,自己也不禁笑了起来,被朱俐的好情绪给感染了。

淳一做好了所有的料理,一一端了上来。

开饭啦!淳一拉长了嗓子喊道。

嗯,看起来就好吃!朱俐拍着手说,先拿筷子尝了一口,做出很美味的表情。

两人开始晚餐。刚吃了几口,朱俐忽然想起应当放点音乐来调节气氛,她去了CD机前,开始找自己喜欢的曲子,无意中看到了五轮真弓的专辑。她愣了，心里涌起一丝淡淡的酸楚，回头看了淳一一眼，他冲着她发出可爱的微笑。还好，他什么也没有发现，她悄悄地将五轮真弓的专辑藏了起来。她知道这样做很自私，但她就是不想在今天这样的一个富有诗意的夜晚让淳一去怀念他的过去。今天他是属于我的，朱俐想。她插入一张中国的流行歌曲。

音乐响起，淳一表现得很兴奋，显然他喜欢这首曲子。朱俐给他倒满了一杯啤酒，也给自己斟上。她举起了杯子，两人正准备干杯，屋子里突然暗了下来。停电了。

怎么搞的？朱俐嘟哝了一句，站起来，眼睛一时还不能适应蓦然间降临的黑暗，只能先直挺挺地站了一会儿。渐渐地，瞳孔适应了黑暗，能看清屋里的东西了。她来到电话机旁边，按下电话，电话没反应。她这才想起自己用的是无绳电话，一旦失去了电源，电话也罢工了。她有些沮丧。

淳一也站了起来，一不小心碰倒了搁在脚底下的啤酒瓶，黑暗中传来一声清脆的爆裂声。

你别动！朱俐轻声喊道。

淳一愣了一下。

朱俐又小心谨慎摸到橱柜里翻找蜡烛。

OK！她高兴地欢呼了一声。蜡烛点燃了，屋里瞬时出现了一道朦胧的光晕。烛光也照亮了朱俐的脸，在昏暗的映照下，她的明眸闪着光，她一步步地向淳一走来。

我们可以继续了，朱俐微笑地说。

在亚娜家里，桌上只剩下狼藉的空盘空碗了，还有一大堆喝干的空酒瓶。

不知道朱俐他们现在干吗呢？亚娜的脸红喷喷的，显然她喝了不少酒。

哦，这是一个严肃的问题。乔真眨眨眼，故意做出一副思考状：会不会……那个什么了？

话音刚落，灯光一下子灭了。漆黑一片，什么都看不见了。由于来得突然，所有的人都在这一瞬间愣了，没反应过来。

发生什么了？过了一会儿，乔真说。

停电！路菲大声说，停电，亲爱的朋友们，我们应当为朱俐和淳一欢呼了。

你什么意思？鲁健没懂她的意思，问道。

看你笨吧，亚娜调皮地说，你就想想如果你和亚娜两人正在单独相处，有一层小窗户纸尚未捅破，双方还喝着小酒。嘻！停电了，会发生什么？

鲁健眨着眼，琢磨着她话中深含着的意思。

再想想？

亚娜，你这都是瞎说着什么呀！路菲知道亚娜话里的意思，抗议道。

咦，那你刚才欢呼什么？亚娜问。

我在欢呼她们俩可以有一个烛光晚宴了，多浪漫，谁像你，尽往那个歪处想。路菲说。

亚娜和乔真爆发出大笑。

黑暗中的鲁健和路菲脸红了，亚娜轻轻地拉了一下鲁健的手。鲁健将亚娜伸过来的手拉紧了，在暗影中，她们两人的手紧紧地握在了一起。心中有一股暖流在无声流淌。

好了，乔真说，我们共同举杯吧，为了爱情！

大家纷纷举起了酒杯，高呼一声：为了爱情！

杯子碰在了一起，他们一仰脖子将杯中酒一饮而尽，然后紧紧地拥抱在了一起，激动不已。

朱俐和淳一已经坐在沙发上了，桌上摆着一个枝形烛台，燃着烛光。两人手里都握着一杯红酒，很安静的气氛。他们都喝了不少酒，脸膛红润润的，情绪也显得高昂了起来。

朱俐放下酒瓶，起身向淳一发出跳舞的邀请。

淳一完全没有思想准备，一时有些愣，又不好拒绝，站起来，木讷地握住朱俐伸过来的手。

他们在屋子里缓缓地跳着，步子不大，随着音乐，微微地摇晃着身子。

淳一。朱俐说。

什么？

好像音乐不太好，对吗？朱俐说。

淳一笑笑：你说什么？

朱俐看着他：哦，没什么，我喜欢今天晚上，真的！

又跳了一会儿，朱俐仍觉得曲子不够好，离开了淳一，想去换一张CD。

她刚转身，背后传来淳一轻轻的哼唱声，低迴婉转的旋律中有一种动人的内容。她停下了脚步。那曲子是她熟悉的，她听出他在哼唱什么了，是雅子在信中提到的那首歌，也是她刚刚藏起的那张专辑中的歌。

她发现自己在莫可名状地激动，血液一下子澎湃了起来，在脉管中奔腾不息。

淳一还在轻声地吟唱着，听上去有一丝飘浮在空气中的思念和忧伤。她走到CD架前，将藏好的五轮真弓的专辑重新拿了出来。她没有再犹豫，而是借着微弱的光晕，找到了那支曲子，这才想起没电了。她拿来了笔记本电脑，将CD放了进去。

《约誓》的前奏曲响起，淳一的哼唱终止了，紧随着的是五轮真弓爆发出的如金属一般的歌声。朱俐又将声音开得更大了一些，瞬时空间里充满了五轮真弓嘹亮的歌声，如同一汪清泉般地流溢了出来，一泄千里，不可阻挡地在他们的心中鸣响着。

淳一就这么静静地待在暗影中，一动不动。她看不清他的脸，心中却回荡着与五轮真弓相呼应的旋律，仿佛有一丝透明湛蓝的清澈，以及深深的如晚秋般的哀愁。

歌声延续到尾声，终于终止了，淳一还是站着没动，一如雕塑。朱俐走了过去，放轻了脚步，好像脚步太重会惊动淳一而引起什么不测。她在他的面前停了下来，看见淳一的眼中有泪光像星星一般地在闪烁，在烛光的辉映下显得那么的清亮动人。朱俐的心突然被打动了。

就这样，他们在烛光中凝视着对方。这一瞬间，他们彼此都感到了剧烈的心跳。

直到这时，朱俐才发现自己也泪流满面了。

时钟指着凌晨三点，蜡烛早已燃完了，只有月光在静静地朗照天际。挂帘横亘在她们中间，把小屋分隔成两个不同的空间。

朱俐没有睡着，脸上浮现出过去少见的凝思的表情，她的脑子里现在全是淳一，他的哼唱以及他泛着泪光的明亮的眼睛。她觉得心里很痛很痛，也不知是在为自己，还是为了那个开始让她牵挂的淳一？

淳一也没有睡着，轻轻地翻了个身。她听见了，向他所在的方向看了一眼。

时钟指向早晨七点，他们同步起了床，眼睛中都布满了血丝，那是因为失眠而遗留下的痕迹。

早上好！淳一向朱俐打了声招呼。

现在，他的脸上挂着平静的微笑，就像昨晚什么事也没有发生过一样，但朱俐通过他的眼睛能觉察出他像她一样彻夜失眠了。

早上好！朱俐回答他。她发现淳一看她的目光闪烁了一下，接着很快又掉开了，他在回避看她。

她走去镜子前看了一眼自己。噢，真糟糕，眼圈罩了一层乌迹，一看就是没睡好。她赶紧给自己上了一点儿妆，脸上扑了点儿粉，将那个不堪入目的眼圈仔细地修饰了一番。再看，还不错，如果不仔细观察是很难看出的。她明白为什么刚才淳一的目光不易觉察地闪烁了一下，他是敏感的。

朱俐心不在焉地煮着咖啡，有些走神，然后来到窗前，随手将头发盘起，拉开窗帘。她凝视着鸽子。桌上则显眼地摆着史大可交给她的机票。

淳一开始收拾还没整理的床，沙发又恢复了原状。他坐下来开始画画儿。

朱俐手里拿着史大可给自己的机票，仍在犹豫。

她拿起了手机，拨通了史大可的电话。

明天我们机场见吧。朱俐对着电话说。

她没再多说，甚至没等听到史大可的回答就挂断了电话，这才松了一口气，一下子轻松了很多。终于决定了，她想，不能再犹豫了。她甚至觉察到现在的自己，内心充满了一种难以理清的混乱，而这一混乱的由头一时还琢磨不透。必须结束这种状态，必须！她想，给自己一个坚定的决心，否则，她会圈在里面走不出来的。

淳一将昨晚剩下的料理重新从冰箱里拿出来，又开始精心制作上了。朱俐打开了音乐，桌上还放着那张五轮真弓的专辑，封面上面印着五轮真弓的照片。她很美！她想，这是一个有味道有气质的女人。她没有再放五轮真弓的曲子，她知道这首歌会引发太多的回忆和伤感，她很奇怪五轮真弓的歌曲竟然与自己的感情世界产生了一种神秘的联系。

她将五轮真弓的专辑又藏了起来。刚放进抽屉里，忽然想起了什么，又将它拿出，看了一眼淳一，发现他没有在注意她，顺手将专辑放进了自己的手袋里。她想带着路上听。她知道，再听，会唤起她的记忆，虽然忧伤，但也夹带着一丝难言的甜蜜和温暖。这是属于她自己内心的秘密，或许永远不会有人知道，只属于她。她会一直珍藏在心底深处。

生活本来就充满了许多遗憾，生活在别处，她知道，她只想为自己的内心留下许多值得怀念的记忆。

她放了一支轻松的小曲子，旋律诙谐而欢快。

他们坐在餐桌旁吃着料理，淳一做了可口的日式拉面及小点。

谁都没有开口说话，气氛有些沉闷。偶尔，淳一会偷偷地窥伺朱俐一眼，发现朱俐也在看他，哆嗦了一下，赶紧挤出一个尴尬的微笑，掉开眼睛继续埋头吃面。

"哧溜溜"吃面条的声音在这个寂静的空间中显得格外的响亮。两人都听到了,像是不好意思似的将筷子停在了半空中,不敢再动了。静止的那一瞬间,仿佛时间过了很长很长,还是朱俐打破了沉默。

吃吧。朱俐说。

什么?

朱俐做了一个将面条吸进嘴里的动作,并故意发出响亮的声音。

淳一孩子似的笑了,很阳光的笑,点点头,将面条重新送入嘴里。

又是一阵沉默,只有嘴里传出的轻微的声音,他们都在尽可能地避免发出的刺耳的噪音。

快吃完了。

再见!朱俐突然说。

淳一正要将面条送进嘴里,被噎了一下:什么?他嘴里还含着一根面条,侧过脸问朱俐。

我……哦,我要出趟远门了,对不起,这样你……也许,你也该走了,或者你住酒店?

面条好吃?不好意思,我做得不好,你客气了。

其实……我也不知道想不想去那个巴黎,我心里很乱,淳一,你明白吗?朱俐自言自语地说。

淳一憨笑地点头说:明白,你喜欢吃我做的面条,我还能做更好吃的,下次吧,下次你来日本。

朱俐终于看出他根本不知自己在说什么了,她一把拽上他,来到电脑前,她画了一个小人拖着包,又画了一架飞机起飞,然后在电脑上调出了一个"表情"。又通过搜索引擎搜出了一张巴黎艾菲尔铁塔的全景照片。

淳一脸色一暗：哦，你是要我离开？

朱俐知道他误会了：不是你，是我。她做着手势。

朱俐在小人上又画了两条长辫，又加画了一个男人。

接着，她又想起了什么，从桌上拿起机票，给淳一看。

我要飞了，明白？朱俐指指自己说

淳一明白了：哦，祝你旅途愉快！他又像一个大男孩似的笑了，但笑得有些勉强。

朱俐来到窗前，抱起鸽子，很有些感慨地将它贴在自己的脸上，目光有些忧郁和恋恋不舍，毕竟，她们在一起度过一段美好的时光，现在，一切都要烟消云散了，生活重新回归它原有的轨迹，剩下的唯有记忆了。

淳一看着她。

朱俐拖着行李走出门洞，走前，她没有说更多辞别的话，她是怕自己会受不了，她知道自此一别，彼此天各一方，再也无法见面，即使淳一留下了联络方式她也不会接受，因为她必须让自己断了这种念想。

他心里有人了，而我呢？她突然问了自己一句，吓了一跳，我有吗？即将和自己同赴欧洲的史大可真是我要找的那个人吗？她不知道，她只知道现在必须依靠一种力量把她从一堆乱糟糟的心情里强行拖出来。我累了，她想，真的累了！她想将一切重新都变得简单，而且不再回首，把美好的愿望都留存在自己的心中。

她有意没让史大可来接她，而是独自一人拦了一辆出租车。车停了，她先将行李放进后备箱，然后拉开车门。她出门时淳一要送她，是她执意拦住了，她也不知道为什么要拦他，是怕自己好不容易下的决心又在瞬间崩溃吗?

上车时候,回头望了望自己房间的窗口,那里没有人影闪现,她发现自己在失落,她是希望淳一会出现在窗口上的。

淳一其实一直站在窗台边上,只是没有探出头去,就这样一直站着,他能预感到朱俐现在一定抬头向窗口看来,他还是没动弹,脸上出现了沉重的神情。他看着窗外的蓝天、白云,市井的嘈杂声他已经听不见了,他是恍惚的。在上海的这些天自己是开心的,朱俐陪伴她度过了他最为艰难的日子,给了他许多难以言表的欣悦。

淳一开始收拾自己的行李,将它们放进自己双肩背的大包里。然后又将用过的床单、被褥叠好,整整齐齐地码放在衣柜边上。沙发皱巴巴的,他两手各撑一角,用力抻了抻,现在看上去平展了,他又注意到了那张挂帘,收下,把它折叠好,方方正正地放在沙发上。

他又想起了什么,从包里取出几天来画的朱俐各种表情的速写——她生动开心的笑脸,她伤感流泪的脸,她调皮捣蛋的脸还有一张画的是她瞪着眼一本正经的神情。

他又在窗台坐了下来,一张一张浏览着,神色渐渐黯然了。

收拾过的房间看起来整洁干净,井井有条了,他将那些速写放在朱俐的写字台上,正在转身,又回身将那张朱俐开心笑的速写收起掖在了怀里,然后背上沉重的大旅行包,弯腰捧起鸽子,向门口走去。

他拉开门,正要走出门外时脚步停住了,回过了身,再次扫视了一眼这间他朝夕相处过的屋子,有一份浓浓的依恋之情,他一动不动地站着,闭上了眼睛,然后,深深地一鞠躬。

他坚定地转身离去了。

背后传来大门关上时沉重的撞击声。他的脚步不再犹豫。

20. 最后的告别

机场内人山人海，像一个超大的集市，挤满了各色人等，一片嘈杂之声。在人流中，朱俐无神地拖着行李，穿过人群。史大可看见了她，兴奋地向她招手，快步向她迎来。

我就觉得你会出现。史大可说，脸上挂着满意的微笑。

朱俐勉强笑笑。史大可激动地搂了她一下。

睡得好吗？他关切地问。

朱俐点点头。史大可的目光充满关切，可是那一瞬间，朱俐忽然想起烛光之夜淳一注视她的目光，她闭上了眼睛。

该换登机牌了。史大可讨好地说：我去，机票、护照先给我，你在这儿等着我。

朱俐在外围等着，来回踱着步，她发现即将开始的旅行并没有带来预想中的快乐，甚至有些莫名的烦躁。

登机牌换好了。史大可满面笑容地快步走了过来：走吧。他搂着朱俐的肩膀，这次朱俐下意识地抖掉了他放在她肩上的手，史大可有些诧异。她也不做解释，拉着行李默默地向前走去。

进入安检，朱俐将自己随身的包放了上去，然后穿过安检门，突然传出"滴滴滴"刺耳的警报声。一位女安检人员招手向她示意，她走过去，机械地双手抬起，接受安检。她的表情一直是麻木的。

通过了。她从安检传送带上找到自己的行李，拿下。史大可早已在前方等着她了，见她过来，从她手中接过拉杆箱，另一只手趁势拉住了她。她没有反对，木然地牵着他伸过来的手，一道向登机口走去。

走到登机口候机厅,两人在靠近落地窗的位置坐了下来。她看着窗外,能见到几架庞然大物般的波音飞机在机场停放着,有的在缓缓移动。

史大可还握住朱俐的手,这时他稍稍的用了一点儿劲,朱俐感觉到了,以为他有什么事,侧过脸看他。他只是发出一个诌媚的笑容,这让她感到了不舒服,眼前突然浮现出淳一的微笑,纯真而又富有阳光气息。她发现自己又在走神,迅速将目光移开了。

候机厅响起了广播声:各位旅客请注意,您乘坐的航班现在开始登机,请随身带好您的行李到19号登机口登机,祝您旅途愉快!

史大可站起,帮朱俐拿好她的行李,我们走吧。他轻声说,她也下意识地站了起来,跟着涌动的人流向登机口走去。

朱俐毫无表情地走着,脑子里也不知为什么还是一片混乱,纷纷扰扰的,忽然觉得脚步沉重了起来。她停下了,抄起电话,拨了一个出去,里面先是响铃声,接着"吧嗒"一声转换成了淳一的留言。她发现自己的心脏在不受控制地狂跳,跳个不停,淳一浑浊不清的中文发音仍在耳边鸣响着,她突然有一种要哭的感觉。

史大可还在往前走,发现朱俐没跟上,他转过身看着她:朱俐?

对不起!她嗫嚅地说:我……她抢步上前,拿过自己的拉杆箱,又快速地说了声,对不起。我不能这样,真的不能。

她转身穿过迎面而来的人群,往外跑去。

史大可不知发生了什么事?纳闷地看着她,他还没反应过来。

朱俐拖着行李,冲出机场,迅速拦了一辆出租车,上车。

华山路。她坐上车,向出租司机说。

小姐,这是从哪里回来啊?司机问。

朱俐没有说话，开始拨打电话，里面仍然是淳一的留言声，当录音转为"嘟"的一声时，她快速地留言：淳一，我是朱俐，你先别走，我马上就回家了，你等着我好吗？她何尝不知即使淳一还在她家里，也仍旧听不懂她在说着什么，可她还是抱着一线渺茫的希望，好像唯有如此，才能稍微地安慰一下自己。

你能开得快点儿吗？她神色焦急地问。

好嘞。司机踩了一脚油门，汽车加速了，向市区内驶去。

朱俐急急忙忙地推开门进来，房间里空空荡荡，淳一用过的床单、被褥整齐地码放在衣柜边，挂帘也叠好了放在沙发上，窗明几净，一切都被收拾得井井有条。她突然觉得这间屋子有一种自己从未体验过的空寂。

她一屁股坐在沙发上，看着淳一用过的东西，抬起头看窗台，也是空空如也，"天使"已经不见了。突然，她发现桌上有一张张画像，由于担心被风吹走，上面还压着她的咖啡杯。

她拿起来，一张张看着——是一幅幅她各种姿态、表情的速写。她的眼泪不受控制地滴滴答答地流了下来。

亚娜还在睡觉，电话铃尖锐地响起。

亚娜眯眯瞪瞪拿起电话，"喂"了一声。

电话里传来朱俐焦急万分的声音：亚娜！

亚娜一下子被惊醒了，因为她听出朱俐的声音似乎遇到了什么重大的事情，她一下子非常紧张：发生什么事了？你的声音不对！这时才想起什么来，看了一下表，咦，你不是应该在飞机上吗，飞机晚点了？

没有，朱俐说：你得帮我一个忙，帮我马上把淳一找回来。

255

亚娜一时还没有弄清状况，问了半天，才把事情的前因后果弄明白，她告诉朱俐，她会发动所有的朋友帮她这个忙，让她先不要着急。

放下电话，亚娜彻底醒过来了，她顾不得洗把脸，便拿起电话一通打。鲁健、乔真、路菲都收到了亚娜发来的信息：紧急通知，我们要帮朱俐将淳一找回来。我们分头去机场、酒店找到他，发动所有的朋友一定要找到，十万火急！

这时，朱俐一个人坐在窗前，落寞地看着窗外没有鸽子的窗台，她的面前，是一张张淳一画的她的速写。

在繁忙的机场，路菲跑到前台，迅速查询前往日本的登机人员名单，她仔细浏览了一遍，发现今天登记的人里根本没有淳一。她放心了，迅速地将消息告诉了亚娜。

他没上机，一定还在上海酒店住着，我们去酒店找吧。路菲说。

知道了。亚娜接了路菲电话后松了一口气，说明淳一没有离开上海，如果是这样，我们发动的朋友就一定能把他找回来。她又开始拨鲁健、乔真以及朱俐的电话。

这时的朱俐已经坐在乔真的车上了。他也接到了路菲的电话，所以过来接上朱俐。她们现在的目标是各家酒店。

乔真一边开车，一边给鲁健挂了一个电话：你那边情况怎么样？没有？嗯，知道了，好，我会跟她讲，放心吧，我们继续。一会儿见！

他挂上电话，看着朱俐，摇了摇头。朱俐失望地看着他。她们已经跑过很多酒店了，一无所获，淳一的身影好像消失在了空气中。她让乔真在路口停了车，自己开门下车了。

朱俐！乔真不知朱俐想干什么，下车要追上她。

朱俐回身向他摆摆手，只说了一句，我只想一个人走走，你别管我。

乔真只好站住了，看着朱俐慢慢地消失在了沸腾的人流中，他重新回到车上，发动了车。

天光渐暗，朱俐像游魂般地走回了家，无神地迈上一层层的楼梯。楼道很暗，原有的照明电灯不知何时全"憋"了，她只能在黑暗中摸索着前行。

她一层层地走着，步履沉重，她觉得自己这一天真的太疲惫了。

快到自己住的楼层了，只要在楼道里再拐一个弯就到她家了。她想，总算要到家了。她微微地吁了一口气，站在拐弯处，扶着楼把手歇了一会儿，接着再走，刚拐过弯，正要抬步，她吓了一跳。

楼道的暗影中，影影绰绰地坐着一个人，就坐在楼梯口上。

淳一？她的心剧烈地狂跳了起来。

果然是淳一。他也听到了动静，睁开了眼，刚才已经不知不觉地睡着了。他直起了身，看着朱俐。幽暗中，两人的目光电光石火般地撞击了一下。

朱俐凝视着他，如释重负地喘了一口气。她有一种想哭的冲动。

正在这时手机响了，朱俐接听。

电话那头传来亚娜快乐的声音：亲爱的，礼物收到了吗？

好像是收到了！朱俐快乐地回答，她觉得此时此刻真的好开心。

幸好我的人脉四通八达，亚娜炫耀地说，并在电话那头大笑了起来，到处都有我的卧底，否则真是大海捞针。怎么感谢我？

你说吧，朱俐说，到时我请你吃大餐！

哟，送了这么大一礼物，你就请我一顿饭？

好了，我向你鞠躬了，行了吗？朱俐笑着说。

这还差不多。亚娜笑说，好，你们聊吧，记住了，别再辜负了这份大礼，我要说什么，你自己知道。

行了行了，我知道啦！

挂了电话，朱俐看了一眼淳一，一时无话，尴尬地笑笑，淳一回应一笑，也想找话说，但又不知从何说起。

最后还是朱俐先开了口：对不起。

淳一假作听懂的样子：你发生什么事了吗？

匆匆地把你叫来，其实……其实，我只想说声对不起。

没想到还会见到你，我以为你在飞机上了哩。

淳一用双手做了一个飞翔的动作。

朱俐看到他这副天真可爱的样子，笑了，淳一看到她笑了，也咧嘴傻乐。

他们彼此看着对方笑着，很开心的样子，就像一对两小无猜的顽童，无拘无束了，可就在这一瞬间，笑容先在朱俐脸上终止了，接着淳一敏感地意识到了，也停止了微笑，他们又开始了尴尬。

哦，我们先进家，不能总站在楼道里说话呀。朱俐说。

她推开了家门，开灯，将淳一先让进门，接过他的大包，弯腰放在了墙角上。淳一则擦过她，去了窗台，当她直起身来问淳一："天使"呢，我怎么没有看见它。

淳一示意朱俐向窗口看去。朱俐看到了，洁白的鸽子正在窗台下昂首阔步地走着，行动自如，只是翅膀还是鼓荡不起来，它自在地蹦了几下，忽扇着翅膀，看起来想腾飞而起，可最终还是失败了。

呵，它真的快好了。朱俐快乐地跑了过去，抱起"天使"，亲切地将它贴在自己的脸上。我差点就看不见你了，还好，你还是回来了，我想你，知道吗？

淳一笑，从包里拿出平时速写用的纸笔，在沙发上坐下，把笔夹在两指间，举起，潇洒地在手中打了一个旋儿——那是在向朱俐表示。朱俐过来了，坐下。

淳一画：鸽子拍动着小翅膀，一副极神气的样子，然后一个男人在向一个女人鞠躬。

淳一指着自己和朱俐：你……和……我，明白？我谢谢。

朱俐内心在隐隐激动：淳一，你为什么总是这么客气？难道除了客气，感谢，我们之间……你没有别的话说了吗？

一个男人怀里抱着鸽子，拉着拉杆箱向远处走去——远处，停着一驾庞大的飞机。

朱俐看着，脸色黯然了。她想起了什么，去拿来了电脑，打开，从电脑中调出一个网聊时的表情——一个小人在不高兴地眨眼。

我明白了，朱俐说，你还是要走，鸽子好了，你没有理由留下了，这是你想说的吗？

淳一画：一个女人与一个男人拉着拉杆箱往飞机方向走。

朱俐脸上霎时出现了惊喜，她迅速在电脑上调出了一个高兴得拍手大笑的表情。

我们一块去坐飞机吗？她问。

淳一没懂，皱着眉：什么？

朱俐指指刚才画的那个女人，又指向自己，淳一点头，朱俐又点向那个男人：他呢，他是谁？是你吗？

淳一还是一脸困惑：你不是要和那位先生一道出远门了吗？

朱俐急了，她很想弄清楚淳一画的那个男人是谁，淳一的话她没懂。她想了想，干脆又将手指落在那个画的男人身上，咬咬牙又指向淳一。

淳一愣了，脸色"腾"地一下红了，摇摇头。淳一再画，一个男人捧着鲜花，献给一个女人，然后这个女人与这个献鲜花的男人一道向飞机走去。

朱俐明白了，淳一说的是她和史大可，她将电脑中的头像调出，拿给淳一看。

电脑显示屏上，一个可爱的动漫小人在拼命地摇头。

淳一糊涂了，因为他明明看到朱俐与史大可一道去了机场，又莫名其妙地回来了，为什么？这个"摇头"又是什么意思？

朱俐明白淳一的心思了，在电脑上画了一个女人，一个男人，让她分道而行。

淳一明白了，他有些触动地看着朱俐，朱俐也在看他，目光开始热烈，可就在彼此要将对方彻底地看进眼底时，仿佛又被什么东西惊忧了一般，热烈的目光收回，转换为惊惶。

朱俐尴尬地笑着："天使"，好像伤好了？

淳一看她。朱俐向鸽子走去，将它抱起，贴着脸，突然有一种感动，眼睛开始有些潮湿，她赶紧掉过脸去，她怕淳一看见。

淳一来到窗前，双肘支撑在窗台上，遥望着幽蓝的星空，沉默了一会，将一张飞往日本的机票递给朱俐看。

朱俐看了下日期，是第二天上午飞往东京的飞机。她的眼泪控制不住地流了下来，抱着鸽子去了卫生间。

朱俐站在镜子前，看着镜中的自己，看着看着，眼泪流得更汹涌了，她赶紧洗了洗脸，然后稍稍地在眼角上敷了一点儿粉，上了一点儿淡妆，掩饰掉刚才的忧伤。

站在化妆台上的鸽子，昂首看着朱俐。

一脸"快乐"的朱俐又出现在淳一面前了。

朱俐指着飞机票：你真的要走了？

淳一点头，可在悄悄地观察她。

雅子……她……好吗？

雅子？你还记得雅子的名字？！哦，我不知道她在哪里，不知道！

朱俐虽然没听懂，但淳一悲恸的神情让她感觉到了雅子在他心中的分量，那是一个消失了的爱情。她觉得眼前的这个大男孩让她的心隐隐作痛。她默默地转身，将沙发拉开，又是一张床了，淳一看见，也默默地过来，从衣柜旁拿出床单，毛巾毯，朱俐接过，他们一块将床单铺上，配合默契，一种不经意间散发出的温馨与和谐，像流泉般地在屋子里静静地流淌着。

你累了，睡吧。朱俐幽幽地说。

谢谢！

朱俐目光流露出一种难言之隐，突然情不自禁地将头靠在了淳一的胸前，淳一轻轻地护着她。两人都没有再说话。

夜很静，月色如画，仿佛时间停止了，她们静止不动地彼此轻拥着。

末了，朱俐坚定地离开了淳一，目光恢复了镇静。

明天你就要走了，我会想念你的，我知道你不知我在说什么，希望你一切都好！

淳一无言地看着她，似乎听懂了一般点了点头。

晚安！朱俐说。

晚安！淳一说。

窗外，熹微的晨光悄然地透射进来，天色逐渐在变亮，新的一天来临了。

淳一悄悄地起了床，叠好他用过的东西，将沙发重新归位，最后检查一遍自己的行李，去窗台抱起鸽子，站在朱俐的身边有些犹豫。她还在熟睡。淳一郑重地向她鞠了一躬，最终没有叫醒她，轻轻关上门，走了。

朱俐闭着眼，听到关门声，她睁开了眼睛，这一晚上她根本没睡着，她刚才是故意没睁开眼的，她怕一旦睁开了，她会执意挽留下淳一，可是她没有理由再留他了。

她翻身坐起，看着对面空空荡荡的沙发，目光中隐含着一丝深深的忧郁。起身，她站在了窗前——

淳一从门洞中出来了。在微明的天色中向大街上走去，站在路边扬手打车。一辆出租车停下了。他拉开了车门。他忽然停住不动了，回过头，向朱俐的窗户仰头看去。

朱俐赶紧将身子隐没在屋里，心跳得厉害，她按住了心口。过了一会儿，再向窗外望去——

静静的马路上，已没了淳一的身影。她的眼泪无声地落下，没有哭声。

21. 天使归来

日子日复一日地过去了,每一天,几乎都在重复着头一天的内容,朱俐在百无聊赖中一天天度过。但她没有意识到,她的生活被彻底改变了。

她就像换了一个人似的,不再迷恋那种欢天喜地的夜生活,不再沉溺在酒精的刺激中,甚至性格,也不再那么开朗活泼。虽然淳一的离去,让她的精神有些"颓",但她仍觉得是一种痛苦中的享受。因为她过去没有经受过这类甜蜜的忧伤,没有经历过这种遥远的思念,这让她的内心感到了一种丰富的湿润。

独自一人时,她会坐在窗前。这是淳一曾经坐过的地方,现在,她也喜欢这里了,喜欢坐在这里看书、听听音乐,甚至在电脑上工作,很惬意。她发现自己开始变得安静了。现在,她喜欢这种安静,这让她体验到了过去从未有过的充实。

一天,她一人在家煮了一杯咖啡,屋子里散发出一股浓郁的咖啡味道。她看着咖啡机的旋转有些发呆,那一瞬间似乎意识都不存在了。她想起了与淳一一道喝咖啡的情景,那时常历历在目的情景让她的意识流连忘返。

咖啡好了。她斟了一杯,拿托盘托着先轻轻地抿了一口,很香,又抿了一口。她来到洒满阳光的窗前,楼下还是一群孩子在无忧无虑地嬉闹,高声地叫嚷着,欢呼般地追逐着,她羡慕地看着他们,自己的童年记忆也被召唤到了眼前。

她发现自淳一走后自己多愁善感上了,自嘲地笑笑。但她没有出现像以往爱情失败后的那种歇斯底里,那种怒从心头起的报复心理,没有,她觉得自己为这种感受所命名的"甜蜜的忧伤"是最为贴切的。

它值得回味,而且在回味中自己有一种升华感,她不再会为世俗的情绪所左右了,她意识到在这种"甜蜜的忧伤"中其实隐藏着一种高贵。

亚娜又来电话了,因为担心她会寂寞,这一段时间亚娜几乎隔三差五地会打来电话约她吃饭,或逛夜店。可是都被她婉拒了,她也不知道为什么对那种自己曾经习以为常的生活失去了兴趣,甚至觉得那很无聊,那种生活距离自己已经十分遥远了,那是在浪费时间,虚掷光阴。现在她也开始学习漫画创作了,虽然画得不好,但她觉得一笔一画中会让自己的心境变得平和,而且冥冥之中似乎与淳一取得了某种神交。想到这儿,她脸红了。

每当拿起笔,画起漫画时心里都会在问,淳一,你是不是也在画呢?她觉得自己很可笑,为什么像一个没长大的孩子呢?但这种没有对象在场的心理对话让她备感舒服,好像真的在与淳一进行热烈的交谈。

你不能老在家待着,亚娜在电话中嚷嚷道,不能,今天你无论如何要来陪我们玩。

她答应了。她觉得朋友们的好意她不能过于违逆。

她们去了夜店,专门定了一个包间。大家都在开朱俐的玩笑,但谁都小小翼翼地绕过淳一这个名字,朱俐的变化是每个人都能感觉到的,她们最初都怕朱俐会自暴自弃,后来欣喜地发现这一担心是多余的。不但没有发生,相反,朱俐似乎比以前成熟多了,目光也多了一份沉静,虽然这沉静中隐隐然地含着忧伤。

大家说笑着,朱俐偶尔地会搭上几句,但仍觉得自己游离在朋友们的气氛之外，即便她几次强迫自己融入也无济于事，最后干脆放弃了，保持一种自然的状态，沉默地坐着。

实在感到无聊了，她会拿起手中的电话，往自己家拨一个，开始听了起来。

还是淳一的声音。那天她教他留下的录音，她一直保留着，她舍不得删去，她常常会情不自禁地去听上一会儿淳一那怯生生而又清脆的声音，这能让她想象出他那孩子气的模样儿，她笑了。

你笑什么？亚娜发现了朱俐没来由的微笑，发出质问。

她这才发现自己的失态，赶紧将电话关上。没什么，她掩饰地说。

亚娜狐疑地看了看她。我不信。她说。

她没再解释，发生在一个人心底深处的东西是任何人都不能完全理解的，也解释不清，她想。

她告辞先走了，朋友也没有过于挽留，他们多少已经适应朱俐的这种变化了。

回到家，她发现自己一时还睡不着，拿出淳一为她画的那些漫画看着，心里隐隐地荡起一丝温暖。

她走向电脑，打开，调出过去为淳一拍的照片，好在她悄悄地拷贝了一份，一张张看过去，那些不规则画面显得格外地发人深思。她停住了，支颐思索着，终于脸上出现了一个顽皮的微笑，迅速将自己过去的照片调出来，选了几张，在软件上剪裁成合适的比例，再与淳一照片进行PS技术处理。她发现做这些照片时自己开心极了，有一种旺盛的创作冲动。

很快就制作出一张张令她满意的"合影照"了，看上去两人还颇为和谐默契，这让她太兴奋了。她准备明天将它们放大成一张张大大的照片，悬挂在屋里，让它们充满整个房间。

　　她放上了一曲《约誓》。五轮真弓的金嗓子响起时，她发现自从心里有了淳一后，自己在情感上变得不再无所依傍了。

　　又是一个阳光明媚的早晨，朱俐起床了，习惯性地给自己煮了一杯咖啡，打开电脑，电脑的页面上是她 PS 过的她和淳一的合影，她的目光一动不动地看着这张被制造出的影像，心中百感交集，她突然有一种要奔赴日本的欲望，去见淳一，她想神奇地出现在他的面前。

　　她能想象他见到她那一瞬间的表情，错愕、惊诧、不知所措，一定是瞪大了一双孩子般纯真的眼睛看着她，半天说不出话来。

　　她沉浸在这种浪漫的遐思中，好像这一切真的就发生在眼前一样。可是如果真的出现在他面前，她会对他说些什么呢？

　　她脸红了，火辣辣的，像燃起了一团火。是的，她能说什么？她不知道这是不是一种爱。

　　一想到"爱"，她自己都惊了，是爱吗？他们之间什么也没有发生过，淳一也就在她这里做过几天的短暂的停留而已。

　　屋里的墙上现在挂满了她和淳一的合影，充斥了整个房间。

　　她品着咖啡，悠闲地来到窗前，先拉开窗帘，接着推开了窗户——明媚的阳光如一道灿烂的光流倾泻进了她的小屋。她仰起脸来承受着阳光的抚慰，眼睛微闭，心里升腾起一缕她自己也说不清的"甜蜜的忧伤"，突然又有一种想哭的感觉。

　　沉浸了一会儿，微微睁开眼，她似乎听到了什么声音从空中掠过，呵，是鸽哨声，"呜呜呜"地在无尽的长空中回荡着。她仰起脸望去，在碧蓝碧蓝的天空中出现了一群鸽子，它们欢快地在蓝天白云间盘旋着,带着"呜呜呜"的鸽哨声,嘹亮而清脆。她的心也被从天际中传来的鸽哨声托起,忽悠一下热了,荡漾了起来。她看着它们,心中有一股热泪在奔涌、沸腾,她想起了"天使"。

就在这一刹那间,隐约看见一个朦朦胧胧的光影,如同一只小小精灵般地从空中穿过鸽群,斜飞着向着她奔来。她没看清,因为是逆光,她捂住前额再定睛看去。那个小家伙如闪电般地划过长空,然后一个笔直的俯冲,扑簌簌地张开着翅膀落了下来。她的心脏骤然间狂跳了起来,定睛看去,不禁大喜过望。

是"天使"——那只她再熟悉不过的白鸽,正瞪着一双可爱的喜悦的眼睛,颠着小腿向她跑来,像是要向她致意、问候,神态是那样的亲切与欢乐。

朱俐欣喜若狂地将它抱起,无限爱恋地捧着它,抚摸着它,喃喃低语地唤着"天使"的名字,她不敢相信眼前看到的一切,这真像是在梦境中一般,是真的吗?她觉得这一切真像是一个不可能发生的奇迹。

激动过后,她想起了什么,目光落在了鸽子细长的小脚上,那里果然拴着一个在阳光的映照下闪烁着光斑的铜圈。

她的泪水控制不住地流了下来。那一刻,时间仿佛停止了,万物消失了,只有她和她的天使。

她的心,也开始在寥廓高远的天空中展翅飞翔。

2008 年 9 月 11 日　北京

图书在版编目(CIP)数据

味道 / 王斌著.-北京：新星出版社，2009.6
ISBN 978-7-80225-694-1
Ⅰ.味… Ⅱ.王… Ⅲ.长篇小说-中国-当代 Ⅳ.I247.5
中国版本图书馆CIP数据数字（2009）第089678号

味道

王 斌 著

责 任 编 辑：瓦 当
责 任 印 制：韦 舰
封 面 设 计：蒲伟生　陈冬梅

出版发行：新星出版社
出 版 人：谢 刚
社　　　址：北京市东城区金宝街67号隆基大厦　100005
网　　　址：www.newstarpress.com
电　　　话：010-65270477
传　　　真：010-65270449
法律顾问：北京建元律师事务所

读者服务：010-65267400　service@newstarpress.com
邮购地址：北京市东城区金宝街67号隆基大厦　100005

印　　　刷：北京凯达印务有限公司
开　　　本：910×1230　1/32
印　　　张：8.625
字　　　数：200千字
版　　　次：2009年6月第一版　2009年6月第一次印刷
书　　　号：ISBN 978-7-80225-694-1
定　　　价：20.00元

版权专有，侵权必究;如有质量问题，请与出版社联系更换。